하루와 나날

# 하루와 나날

삶을 다독이는 문장들

김 민 지
산 문 집

사람in

# 목차

## 일상은 항상

4장

바람이 스친 자리

# 5장

## 사랑이 놓인 자리

# 종점이자 기점인 곳에서

여전히 글로 길을 내며 산다. 그렇게라도 나아갈 수 있어 다행이라는 생각과 함께 지낸다. 삶이 막막하게 느껴질 때마다 줄기처럼 잡고 갈 문장들이 필요했다. 이 책은 『마음 단어 수집』을 내고 일 년 동안 하루하루 읽고 쓴 문장들로 채워졌다.

그 시간 동안 참 두서없이 살았던 탓에 한데 놓인 글들을 다시 읽기 두려웠다. 그 두려움을 마주하고 나올 수 있던 이 책에 한 문장 더 내려놓자면 어떤 문장을 내려놓는 게 좋을까. 고민하고 간신히 쓴 문장은 이런 것이다.

"더는 가깝지 않아도 기꺼운 추억을 남겨준 모든 존재와 부재에 감사합니다."

누군가가 떠나고 남는 추억. 그래서 더 귀해진 추억을 보관하는 일에 익숙하지 않은 편이다. 익숙하지 않은 그 일을 해낸 데에는 스스로 보낸 시간을 향한 확신이 있었다. 그 시간에 있던 진심을 믿지 않으면 도무지 견딜 수 없던 미온의 시절이었다.

이 책을 쓰면서 수많은 대상과 거리 조절에 실패한 많은 화자를 만나게 되었다. 시를 쓰기에는 너무나 말이 많은 화자였고, 그 화자를 데리고 산책하는 것이 미온의 시절에 머문 나의 숙제였다.

하루는 버스가 회차하는 지점에서 아주 오랜만에 어느 정도의 침묵을 견딜 수 있었는데, 그 경험이 두고두고 마음에 남아 누군가에게 전할 말들을 나한테 먼저 들려주고 언젠가 진정으로 꺼낼 수 있는 글이 됐다.

끝에 기웃대고 자처해서 안 받아도 될 상처를 받던 미련스러운 자신도 그리워질 날이 올지. 그런 궁금증을 안은 채로 쓴 이 책이 가리킬 수 있는 시작의 방향이 무수하다고 믿는다. 단언하고 번복하고 다시 무언가를 믿어보는 수많은 연습이 있었으니까.

마음의 줄기가 되어준 세상의 모든 문장과 그 문장을 길어 올린 분들의 삶. 거기에 꺾꽂이하듯 한 줄 한 줄 이야기를 이어갈 수 있도록 내 삶에 기투한 많은 대상과 풍경에도 깊이 감사하다.

이 책을 읽는 분들도 줄기의 심정으로 삶을 가다듬고 나아가게 하는 문장들을 만날 수 있길. 그동안 열심히 쌓고 또 열심히 쌓아서 와르르 무너진 진심을 재건할 자신만의 방법을 찾아낼 수 있길 바란다.

김민지

1장

일상은 항상

_____
_____
_____
_____
_____

"고마운 민폐

이런 표현을 쓰더군요"

요시타케 신스케 지음,

『섬세한 체조』,

서지은 옮김, 마르코폴로,

2023

# 고마운 민폐

퇴근 후 요량 없이 부유하다 드러누워서 요시타케 신스케의 책을 봤다. 그의 모든 작품을 좋아하지만 평일 기분엔 『섬세한 체조』가 딱이다. '예민보스의 마음 재활훈련'이라는 부제에 꼭 맞는 귀여운 낙서들이 가득한 이 책에서 건져 올린 말은 '고마운 민폐'였다.

그냥 민폐도 아닌 고마운 민폐라니. 그 말이 어쩐지 귀여운 실수, 적당한 신세 지기처럼 와닿았다. 뭐 당황스럽고 부담이 되는 건 마찬가지지만, 지나고 보면 나름 뜻깊은 추억이 될 만한 어떤 사건 같달까.

사는 동안 과연 그 누구에게도 민폐를 안 끼칠 수 있을까. 그럴 순 없을 것 같다. 좀 지독한 생각이지만 태어난 것 자체가 이미 지구상 많은 생물에게 민폐인 것 같다고 생각하니까. 그러니 자연보다 품이 작은 사람에게 사람이 오죽할까 싶다.

존재 자체가 민폐인데 여기서 더 민폐를 끼쳐선 곤란하다는 생각이 지대해서 나는 부탁을 어려워하는 사람이었다. 하지만 그토록 못할 것 같은 부탁도 결국엔 상황이 어려워지니 폭죽 터지듯 할 수밖에 없구나 깨닫게 된 시기가 있었다.

어쩔 수 없는 일이 인생에 벌어졌을 때 묵묵하게 도움을 주었던 귀한 사람들. 픽사에서 제작한 영화 〈소울〉이 개봉했을 당시, 오프닝 단편 애니메이션으로 공개된 〈토끼굴〉을 보고 그때 그 사람들이 떠올라 극장에서 엉엉 울었던 기억이 있다.

걷잡을 수 없이 불거지는 삶의 위기에 허물어지며 누군가에게 손을 내밀었던 시기. 이 일로 더는 사람들을 볼 낯이 없겠구나 싶었는데 먼저 이야기해줘서 고맙다 말하던 사람들이 있었다. 또 너무 많은 사람에게 민폐를 끼칠 순 없어 끝끝내 말하지 못한 사람 중에서 그동안 몰라 미안하다고 말해주는 사람도 있었다.

그 경험을 계기로 부탁에 관한 생각이 조금은 바뀌었다. 가깝고 각별한 사이일수록 혼자 몰래 넘기고 마는 일들을 조금씩 줄여나가기로 했다. 일단 스스로 애를 써보되 세상 혼자라는 느낌을 갖지 않는 것. 그것이 좋은 인연들을 서운하게 만들지 않는 일이라는 것을 깨달았다.

여전히 무언가 분투해본 경험 없이 대뜸 부탁부터 하는 모습이 무례하다고 느껴지지만, 세상 아무도 도와주지 않을 거라고 단념하고 홀로 분투하는 것도 무례함 못지않은 무심함이라는 생각이 든다.

그러한 무심함이 철저한 자기방어라는 점에서 무언가 마음이 쓰인다. 이번에 내가 도움을 받았다면 다음엔 내가 도울 차례라는 자각이 들었으면 한다.

언제든 도울 수 있다는 부분이 있다는 지점에서 계산 없이 행복감을 느낄 수 있을까. 민폐를 끼치는 사람에게 고마움이라는 염치가, 부탁을 받는 사람에게 반가움이라는 기색이 역력하다면 그건 그거대로 고마운 민폐일 것이다.

"(진짜 삶을 산다는 것은) 매일 새롭게 태어날 준비를 하는 것이다."

에리히 프롬 지음,

『나는 왜 무기력을 되풀이하는가』,

라이너 풍크 엮음, 장혜경 옮김, 나무생각,

2016

# 막간의 가치

밝은 옷 따로 어두운 옷 따로 모아 세탁기를 두 번 돌린다. 정신없이 살 때는 주에 한 번 하는 빨래도 쉽지 않아 그마저도 분류하지 않은 채로 무작정 돌려 버린다. 그럴 때면 여지없이 몇몇 옷에 문제가 생긴다.

사소한 부분이지만 양말을 뒤집어 벗지만 않아도 빨래하는 게 한결 수월해진다. 그러나 만사 귀찮고 무신경하면 모든 것이 쉽지 않다. 물론 뒤집힌 채 널어서 말려도 큰 문제는 없다. 다만 그마저도 개려고 하면 손이 한 번 더 가고, 또 건조대에서 바로 걸어 신는다고 해도 언젠가 뒤집어야 한다.

제대로 하지 않은 일은 언젠가 다시 하게 되어 있다. 이 이치를 아는데도 매번 대충하면서 동시에 미룬다. 그렇게 차일피일 쌓인 것들을 한꺼번에 청구받은 듯한 날이 있다. 그럴 때면 언제나 누굴 탓할 수도 없는 수렁에 빠진다.

무엇도 할 의욕이 나질 않아 종일 누워만 있던 시간에 생각했다. 작은 거 하나도 제대로 할 마음이 없으면서 어떻게 인간은 큰 꿈을 꿀 수 있는 것일까. 당장에 집 치우기는 너무 어려우면서 어째서 이사하기를 바라는 것인지. 스스로 도통 이해할 수 없다.

이사 가고 싶은 집은 어디에 있는 것일까. 올해는 미루지 않고 이사 갈 수 있을까. 어딘가에 있어도 지금 이대로 이 공간에서 지낸다면 어딜 가더라도 나는 마찬가지일 것이다. 버릴 것을 버리지 못하고, 가지고 있는 것을 모른 채 또 사고, 정말 중요한 걸 잃어버린 채로 왜 매일 나아지지 않는 걸까 하면서 지낼 것이다.

하루하루 새로운 삶은 어떤 삶일까. 올해는 그래도 일력을 뜯는 재미가 있다. 눈을 뜨면 일력을 뜯고 밤새 구깃구깃해진 몸과 이불을 반반하게 펴는 일부터 시작한다.

여전히 냉장고 속에는 먹지 못해 버려야 하는 음식이 있고, 어수선하게 널린 빨래를 걷지 못한 채 부랴부랴 출근한다. 내 한몸 씻기기 바쁜 아침에 그래도 좋아하는 음악을 들으며 오늘 날씨가 어떤지 찾을 수 있는 막간이 있다.

나는 이 막간이 좋다. 짬이라고도 부를 수 있는 이 단출한 시간 속에서 내 삶은 가치 있다고 생각하는 일들을 조금씩 밀어붙인다. 이 찬찬한 추진력 속에서 해낸 것들은 언제나 무방비로 닥쳐온 큰 시련 속에서도 빛이 되어주었다.

조금 더 빠릿한 사람이 되면 모든 일이 지금보다는 덜 밀린 채 술술 흘러가려나 싶다가도 일단은 할 수 있는 작은 일부터 해본다. 연극을 볼 때 잠시 불 꺼진 막간에 빛나는 바닥의 야광 테이프 조각들처럼. 삶 속에도 암묵적인 좌표들이 작게 작게 놓여 있다.

그 좌표들을 잊지 않고 다음 흐름을 위한 배치와 동선을 준비할 때 한 뼘씩 나아가며 긴 사이를 상상할 힘이 생겼다.

"이 기분도 내일이면 사라지고 멍하게 어딘
가에 뒤섞여 날아오는 공을 받지는 못하고
받는 것 비슷한 것을 하다 보면 시간이 지나
고 겨울옷을 정리하게 되겠지."

박솔뫼 글,

「늘 한 번은 지금이 되니까」,

『기도를 위하여』,

작가정신,

2024

# 조급함과 게으름

"아이고, 저 차 어쩌나. 하필이면 비싼 차를 들이받았네."

아침 출근길 지각할까 싶어 급히 올라탄 택시의 기사님이 말했다. 빨간불에 질주하던 자전거를 보고 무심코 움직이던 한 차가 다른 차를 들이받은 모양이다. 지나가면서 보니 비싼 차를 들이받은 차도 비싼 차다.

어느 한쪽이 카푸어일 수도 있겠다. 어쩌면 둘 다일 수도. 비싼 차를 몰고 다닌다고 해서 무조건 부자도 아니니까. 모두에게 골치 아픈 일일 수도 있겠다. 차가 비싸든 안 비싸든 저런 일이 일어나면 머리가 아프겠다. 돈도 돈인데 크게 안 다쳐서 다행이다.

면허도 없는 데다가 비싼 차를 탈 생각도 여유도 없는,

그런데 이제 아침 댓바람부터 길 위에 택시비를 시원하게 뿌린 내가 쓸데없는 가정을 이어가던 와중이었다.

"자신의 사소하고 무심한 행동이 주변에 어떤 영향을 주는지 아는 사람이 얼마나 될까요?"

먼저 홀연히 질주해서 사라진 자전거 운전자를 염두에 두고 기사님이 말했다.

"그러게요."

도심에선 냅다 서두르는 게 익숙하다. 조금이라도 머뭇거리는 차가 보이면 끊임없이 경적을 울려대는 차처럼 사람들이 좀처럼 여유가 없다. 누군가 바삐 움직이면 그 움직임을 따라간다. 가끔은 이렇다 할 의지가 없어도 떠밀리듯 어느 대열에 있다. 지쳐 보이고 바쁜데 한없이 따분해 보이는 얼굴들.

그런데도 이 생활을 지속 중인 이유가 뭘까. 내 딴에는 그것이 열심일까 했는데 새는 돈과 새는 마음이 너무 많다. 또 이 생활을 내려놓자니 내가 마땅히 스스로 심도 있게 움직일 사람인가 싶어서 어영부영 이 생활을 유지 중이다.

조금 일찍 맞춘 알람을 단번에 듣고 일어나 너무 급하지 않게 출근하고 정시퇴근하는 하루. 요즘은 그것만 해도 하루가 정말 대단하다 느껴진다. 그 대단한 하루 속에 사소하고 무심한 행동들로 주변에 영향을 주는 사람을 세어본다. 많아도 너무 많다. 자각할 틈도 없이 너무 많은 것을 주고받는데 어째서 이렇게 다 모르는 얼굴인지.

　내일은 조금 더 알 것 같은 얼굴들과 찬찬히 인사를 나누고 주변을 둘러보며 출퇴근할 수 있기를. 조급함이라는 죄를 짓지 않기를.

"내가 무슨 돈, 지위, 명예 같은 권력의 표상을 탐하는 자도 아니고, 어떤 슬픈 일이 있어도 눈물을 말리고 내일을 위해서 잠을 자야 하는 극히 평범한 삶을 살아가는데도, 사는 일이 간단치 않다."

은유 지음,

『싸울 때마다 투명해진다』,

서해문집,

2016

# 자고 일어나기

　불안에 깊이 파고드는 날에는 이 모든 루틴이 무슨 소용
인가 싶다. 일순간 삶에 큰일이 닥치면 언젠가 쉽게 부서질
일상일 텐데 하는 생각이 든다. 나약한 나는 죽음 대신 얕은
잠으로 도피한다.

　삶에서 일어나지 않았으면 하는, 하지만 언젠가 일어날
것 같은 긴급한 일들이 꿈에서 펼쳐진다. 나는 가까운 누군
가의 아픔이나 죽음을 목격한다. 꿈에서도 어찌할 도리가
없는 사람처럼 난처한 모습이다.

　이러한 불안 기제가 삶까지 영향을 뻗치면 나는 버텨왔
던 일상의 일들을 하나씩 내려놓는다. 다니던 직장을 그만
두기도 하고, 만나던 사람과 헤어지기도 하고, 한껏 어지럽

혀진 공간에서 오래 감은 눈이 된다.

밖에 날씨가 어떻든 감은 눈 속에서 온갖 폭풍우를 견딘다. 언젠가 친구들끼리 만나서 그런 이야기를 나눴다. 요즘 뭐가 제일 두렵냐고. 아니 사는 동안 내내 두려운 건 뭐냐고.

누군가는 외로움을, 누군가는 무기력함을 이야기했다. 나는 구체적으로 내가 내 몸을 움직일 수 없는 상황이 두렵다고 했다. 그 원인이 몸에 있든 정신에 있든. 어쨌든 스스로 돌볼 수 없는 상황이 왔을 때 내 안에 있던 문제가 터져 나와서 내 곁에 있는 사람들에게 영향을 미치는 게 싫다고.

나는 끝끝내 주체적인 삶을 살아야 한다는 강박이 있는 것인지. 누군가의 도움을 받는 게 여전히 수치라고 느끼는 것인지. 곰곰 생각해보게 되었다.

그러다 내가 정말 궁극적으로 사수하고 싶은 삶의 가치가 자유에 있고, 모순되게도 버거워하는 것이 책임이라는 것을 깨달았다. 너무 기이하게 느껴진 부분은 이렇게 자신을 버거워 하는 상황에서도 차라리 남을 돕겠다는 결정이었다.

그런 나의 도움을 누가 기꺼이 받을까. 언제나 버거워하는 자신을, 불안할 때마다 자신의 삶으로부터 도망가기 바빴던 날들을 반성하는 시간이 필요했다.

매일 밤 잠들기 전 숨을 고르고 스스로 말을 거는 시간을 가졌다. 여전히 두려운 일에 대한 생각에 매몰되기보다는 그때에도 이것만큼은 나를 위해서 해보자 하는 작은 일들을 다이어리에 하나씩 적었다.

"불안은 행복을 의심한다."

이 한 줄의 문장과 함께. 내가 나를 지키겠다고 쓴 작은 약속들이 차곡차곡 쌓여간다.

"일에 치여 지낸다고 생각하지 않았다. 생활은 안정적이었다. 일감이 떨어지지 않는 한 그럭저럭, 근근이, 평균적으로 지낼 만했다. 하지만, 이 상태가 계속되지는 않을 것이다."

조르주 페렉 지음,

『사물들』,

김명숙 옮김, 웅진지식하우스,

2024

# 자나깨나 밥벌이 걱정

"어디든 땟거리만 있어도 살 만하지."

엄마가 누누이 강조했던 땟거리. 그놈의 밥벌이. 이렇게 라임 맞추는 간단한 능력만으로도 알아서 돈이 벌린다면 좋겠지만 현실이 그렇게 녹록할 리 없다.

글을 아무리 열심히 쓰면 뭐 하나. 그동안 몇 개의 직장을 다녔는지 모르겠다. 어느 순간 셀 수도 없게 됐다. 성인이 되자마자 시작했던 아르바이트, 프리랜서라는 명목하에 받았던 일까지 헤아리면 정말 이것저것 많은 것을 해댔다. 명색이 N잡러인데 한 가지 일을 오래, 혹은 끝내줄 정도로 못하는 탓에 언제나 위태롭게 생활하고 있다. 먹고사는 문제로 고통받을 때면 침대맡 책장에 꽂아둔 조르주 페렉의 『사물들』을 말없이 들춰본다. 1960년대의 프랑스. 갓 성인이 된 실비와 제롬의 사회 진입기. 조르주 페렉의 데뷔작이다. 이 책의 뒤표지에는 롤랑 바르트의 추천사가 적혀 있다.

"부를 꿈꾸는 상상 속에 녹여낸 빈곤함. 진정 아름다운 소설."

아름답게? 아름다움이 밥 먹여줘? 그렇지만 아름다워서 지금까지 사랑받는 고전이 되지 않았는가. 나도 이런 명작 하나쯤 남길 수 있을까. 세기가 지나도록 읽히는, 어떠한 삶의 본질을 꿰뚫을 수 있는 그런 작품 말이다.

포괄임금제 저주에 빠져 정시퇴근은 고사하고 길면 하루 16시간 근무하던 직장에서 지겹게 들었던 '본질'이라는 단어가 느닷없이 꽂힌다. 여전히 몇 겹의 악몽 같은 잔상으로 다가오는 단어들. 20대에 일했던 어느 대행사에서는 '오가닉'이라는 단어에 옥죄어 있었다. 대행사에서 일하던 시간은 매번 지옥이었다. 문제의 클라이언트들을 향해 제발 내게 진정한 '본질'과 '오가닉'을 생각할 시간을 좀 주고 요구하라고 외치고 싶었지만, 빠듯함 속에서도 그들이 원하는 그럴싸한 포장을 해대는 알량한 재주만 늘어갔다.

내가 갈망하는 부유함이란 무엇일까. 내가 처한 빈곤은 또 무엇일까. 빈부란 너무 상대적인 거라 내가 처한 격차가 극악이라 말할 수 없지만, 나는 확실히 돈을 생각하면 웃을 수 없다. 언젠가 돈도 기운과 함께한다는 말을 들었다. 내가 돈을 좋아하면 돈도 나를 좋아할 것이며, 내가 돈에 부담감을 느끼면 돈도 나를 떠날 거라고. 그런 얼토당토않은 돈 기운설에 마음이 혹해서는 이제부터 돈을 좋아하겠다, 선언했지만 여전히 돈을 좋아하면 독이 오를 거란 염려를 떨칠 수 없다. 그렇다고 해서 내가 돈도 마다하고 글만 쓸 초인이냐 묻는다면 아니요. 안 합니다. 사는 동안 얼마나 벌 수 있을까. 그중에서 글이 먹여주고 재워준 날은 며칠쯤 될까. 내게 큰돈 벌어다 주지 않는 글들이 번번이 나를 살려왔다는 걸 어떻게 설명해야 할까.

중요한 것은 언제나 말이 필요없다. 그 자체로 해내기 때문에. 그저 말없이 글을 쓸 수 있는 이 틈들이 더욱 견고한 허공이 되길 바랄 뿐이다. 그 틈으로 여러 사람의 여러 이야기가 대입될 수 있다면 더 바랄 게 없다.

더 바랄 게 없는 일을 계속하려고 오늘도 밥벌이 걱정을 하고 있다. 이 걱정이 새삼 값지게 느껴지는 이유다. 하물며 자신 외에 누군가와 함께 살기 위해 고군분투하는 사람의 밥벌이 걱정은 얼마나 아름다운가. 그 아름다움은 확실히 밥을 먹여준다. 그래서 더 아름답다.

"어느 아침, 머릿속에서 물병 깨지는 소리에 한방울 시가 움트고, 영혼이 깨어나 그 소리의 아름다움을 받는다. 그 순간에는 말할 수 없는 것을 말한다."

막상스 페르민 지음,

『눈』,

임선기 옮김, 난다,

2019

# 시가 써질 때

다른 예술 대비 글쓰기엔 이렇다 할 퍼포먼스가 없다. 내향인 입장에서 그 점이 마음에 든다. 그렇지만 가끔 우스갯소리로 글을 쓰는 친구들에게 이야기한다.

"아 우리도 뭔가 쓰는 모습을 콘서트 실황처럼 공개하면 독자들이 열광하려나."

그럼 대개 이런 답변이 돌아온다.

"그렇게까지 해서 관심받고 싶지 않아. 작품이나 유명해졌으면."

유명세에 집착해서 쓰는 글들은 거창한 만큼 남루하다. 자의식 과잉의 거적때기로 쓰인 글들은 하나같이 멋이 없다. 문제는 그렇게 쓰인 글들이 SNS에 상태 메시지처럼 쓰일 때다. 어떨 때는 그렇게 공유될 정도면 요즘 사람들에게 필요한 제대로 된 글이 아닐까 싶어 허무해진다.

이런 시대에 시를 쓴다는 건 무슨 의미일까. 나에게 시는 정화의 정수다. 삶이 제멋대로 망가지고 그 삶보다도 먼저 내 마음이 망가져 갈 때. 그럴 때 나를 침착하게 하는 유일한 글이다.

집중해서 시를 쓸 때는 모든 시간을 잠시 멈춘 듯한 기분이 든다. 어떨 때는 피가 철철 흐르는 상처 위에 헝겊 따위를 지그시 덧대고 있는 느낌도 든다.

모든 시간의 혼돈과 출혈로부터 잠시 숨을 고르는 시간. 시에서 호흡은 가장 신경 쓰는 부분이다. 그도 그럴 것이 평소에 숨 쉬는 패턴이 엉망이기 때문이다.

일상에서 긴장을 자주 하는 나는 간헐적 무호흡 상태로 머물기도 하고, 그러한 고르지 못한 호흡 때문에 운동 중에는 갑자기 과호흡이 오기도 한다. 요즘엔 시를 쓰지 않는 시간에도 호흡에 신경을 쓴다.

"민지야, 인생이 뭔지 알아?"

언젠가 엄마가 남긴 선문답을 기억한다.

"인생은 한숨이야. 숨이 끊기면 다 끝나는 거지."

들고 나는 숨. 깊이 쉰 숨은 시에서 좋은 심상을 보여준다. 그건 잠수해서 봐야 하는 풍경 같기도 하다. 수심이 깊은 상태에서 이내 고요해진 마음은 그 어떤 산란한 빛보다 윤택한 어둠이다.

오래 쓴 벼루 같은 어둠을 안다는 것. 나는 그것이 좋아 계속 시를 쓰고 있는지도 모른다. 조금 경쾌한 날에는 정신없이 튄 먹물을 맞은 점박이의 모습이지만, 그건 또 그거대로 아름다운 엉망진창이다.

시를 쓸 때도, 시를 쓰지 않을 때도 나는 시 속에 산다. 삶은 시와 같다고 생각하기 때문이다. 언제 끊길지 모르는 호흡에 유념하면서 삶의 적당한 행갈이와 연갈이 지점을 찾고 있다.

"모든 본 것, 들은 것, 겪은 것은 시간과 함께 휘발되며 잔여물을 발생시킨다."

윤경희 지음,

『그림자와 새벽』,

시간의흐름,

2022

# 우정의 잔여물

뭔가를 응시하는 일은 고귀한 업이다. 글쓰기를 하면서 보는 일에 천착하게 되었다. 그것은 마음의 눈 없이는 불가능한 일이다.

내다보고, 둘러보고, 지켜보고, 살펴보는 모든 일을 사랑한다. 그런 일을 행하지 않으면 한 줄도 온전히 쓸 수 없다. 이렇게 보는 일 끝에 쓴 글들을 다시 모아 보는 일은 꽤 흥미롭다. 언젠가 왜 글을 써야만 할까 하는 질문에 이런 답을 꺼낼 수 있었다.

"오랜 친구가 되어주니까요."

집안 사정으로 나고 자란 지역을 떠나 전학을 갔을 때도. 대학 진학으로 낯선 지역에 머물렀을 때도. 밥벌이로 새로운 곳으로 출근했을 때도 언제나 글쓰기와 함께였다.

시절인연이라 불리는 사람들과 달리 어떤 시절에나 읽을 수 있는 형태로 그 자리에 머물러준 글. 그때 만나고 헤어졌던 모든 사람과 사건, 풍경 속 유일한 목격자처럼 남아준 글이 있다는 게 오랜 친구를 만나는 일 같다.

표현 방식은 다양하지만 '글쓰기'라는 표현은 내게 진솔한 우정과도 같다. 여러 시절에 걸터앉아 있던 감정들을 함께 빚어낸 시간.

"내가 예전에 그랬다고?" 놀라면 "어, 너 그랬다니까?" 하고 맞장구를 쳐주는 친구 같기도 하다. 또 "그때나 지금이나 너는 이런 부분이 참 한결같아" 하고 말해줄 것 같은 글쓰기라는 친구를 만날 수 있어 좋다.

쉽게 말로 할 수 없던 생각들도 이 친구와 함께라면 얼마든지 두서없이 꺼내 차곡차곡 정리할 기운이 난다. 앞으로 어떤 꿈을 꿀지. 또 어떤 계획을 세우고 어긋날지. 생각지도 못한 일들이 벌어질지. 와중에 계속되는 마음은 어떤 것인지. 길을 잃을 때마다 한 번씩 방향을 함께 고민해줄 친구가 있어서 다행이다.

"내 인생을 '잘 보낸' 순간을 떠올려보면 대수롭지 않다고 생각했던 사건이 중요하게 기억돼 있곤 한다."

레슬리 스티븐 글,

『걷기의 즐거움』,

수지 크립스 엮음, 윤교찬·조애리 옮김,

인플루엔셜,

2023

# 하루 인연

하루가 오는 건 당연한가. 그다지 큰일 없이 지내다 보면 하루하루 살아갈 시간이 주어지는 게 너무나 당연한 일 같다. 크게 아프지도 또 다치지도 않아서, 나와 내 주변 모두가 그래서 물 흐르듯 지나가는 날들.

그런 날들 속에서 피어오르는 감사함이 있지만 번번이 놓치고 만다. 뭔가 재밌는 일이 더 있었으면 좋겠다 싶어서 공연히 괜찮은 날도 무료하게 만든다. 그럭저럭 괜찮게 지내다가도 더 바라게 되는 이벤트 같은 일들. 특별한 일들이 매일매일 터진다면 그건 정말 특별한 일일까.

특별함은 무엇일까. 드물다는 것일까. 드물다는 것은 무엇일까. 좀처럼 일어나기 어려운 기적 같은 게 특별함일까.

삶에 있어 특별한 가치를 손꼽는다면 그중 하나는 인연일 것이다. 내게 닿고 또 멀어지는 모든 것을 인연이라 여기는 가치관이 특별한 날들을 낳는다. 그렇게 친다면 하루라는 시간도 내게는 각별한 인연이다.

하루 안부를 묻는 말들. 오늘 하루 잘 지냈는지. 오늘 하루 잘 보냈는지. 마치 하루라는 시간이 긴밀한 사이의 사람인 것처럼 느껴지는 말을 좋아한다.

하루는 종잡을 수 없다. 대개 어떤 것을 하자 미리 약속했지만, 계획한 대로 흘러가는 법이 없다. 기분 좋게 만났다가도 사소한 일로 서운하게 만드는 친구나 연인 같다. 기대한 만큼 실망하기도 하고, 기대 없이 시작했다가 잔뜩 뿌듯해지기도 한다. 별다른 걸 하지 않아도 그 자체로 즐거울 수 있는 하루. 하루라는 인연.

돌이켜보면 가장 좋은 하루는 가장 이별하기 수월했던 하루였다. 너무 좋으면 이별할 수 없을 것 같은데. 너무 좋아서 최선을 다한 상태라면 이별 자체를 담담히 받아들일 수 있다. 정말 인연이라면 헤어졌다가도 좋아했던 모습으로, 어쩌면 그보다도 더 발전적인 모습으로 만날 수도 있을 테니. 그렇다고 후일을 기약하며 그때가 오기 전까지 남은 날들을 대충 보낼 수는 없다.

이렇다 할 아쉬움 없이 넘길 수 있는 하루는 드물게 찾아온다. 아니 어쩌면 이미 모든 하루가 충분한데 욕심 많은 내가 아쉽다고 넘겨짚는 것인지도 모른다.

언젠가부터 사람들에게 하루 인사를 건넬 때 좋은 하루라는 말은 쓰지 않게 됐다. 그 대신 마음 편안한 하루라는 말을 쓰고 있다. 좋은 인연이 그러하듯, 좋은 하루 역시 함께 지내는 이의 마음을 편안하게 하니까.

막연하게 좋은 하루에 관한 환상을 갖지 않는다. 늘상 해오던 일을 담담하게 하면서 마음을 불편하게 하는 일들을 솎아낸다. 그 솎아내는 과정에서 필요한 대화. 하루와 대화하는 가장 좋은 방법은 일기인데, 별다른 말이 필요 없을 정도로 좋은 날엔 이렇다 할 기록도 없다. 바쁘지도 나쁘지도 않게 지나가서 오히려 마음에 자연스럽게 스며든 투명한 하루를 사랑한다.

"신호가 다시 들어왔지만 발을 떼지는 않았
다. 아직 시간은 남아 있고, 지금은 그걸로
충분했다."

김금희 지음,

『센티멘털도 하루 이틀』,

창비,

2021

# 뜸 들이기

그렇게 급하면 어제부터 나오지 그랬냐는 충청도식 화법을 좋아한다. 아무리 생각해도 나는 매일매일 어제도 아닌 그제부터 뛰쳐나왔어야 할 사람 같다. 마음이 급해서 천천히 하면 될 일을 망치는 경우가 잦다. 상당히 침착할 것 같은 인상이지만, 속에서는 늘 발을 구르지 못해서 안달이다. 가만히 곁에서 지켜본 측근들은 이렇게 말하기도 한다.

"대체 왜 이리 급해, 누가 쫓아와?"

홀로 벌이는 시간과의 추격전. 그 전쟁통에 지치는 건 나뿐만이 아니다. 함께 시간을 보내는 사람도 괜히 덩달아 마음이 급해질 때가 많다. 왜 이렇게 급한 걸까 생각하면 걱정만 하지 미리 대비하는 법이 별로 없어서다.

걱정할 시간에 대비를 하면 될 텐데. 언제나 걱정으로 머리를 싸매고 있으니, 이 정도면 걱정을 즐긴다고 해도 과언이 아니다. 어디 낯선 곳에 여행을 갈 때도 이 기질은 가시질 않는다. 그 나라에 갔다가 도난당하는 거 아냐? 그 나라에 갔다가 폭행당하는 거 아냐? 그 나라에 갔다가 지진 나는 거 아냐? 그렇게 걱정되면 가질 말아야 하는데 간다. 가서 또 언제 그랬냐는 듯 잘만 여행한다. 여행지에서만 계속되는 걱정이 아니다. 일상에서도 걱정은 끊임없다. 그런 내가 걱정에서 유일하게 해방되는 시간은 무언가를 감상할 때다. 그 자체로 심취할 수 있는 어떤 것을 만나는 일만이 유일한 해방구다.

초조한 마음이 들 때는 산책이 제격이다. 적당한 템포의 음악을 들으면서 걷다가 마주친 풍경을 어떠한 계산 없이 바라본다. 평소에 들을 수 없는 다른 목소리가 끼어들 틈을 일상에 주기도 한다. 영화나 드라마를 보는 일이 그렇다.

책은 마음이 급하지 않을 때만 읽을 수 있다. 특히나 시는 급한 마음으로는 읽을 수 없다. 여차하면 모든 것을 망쳐버리기 바쁜 때에 삶을 무르익게 해주는 차분한 취미들.

뜸 들이듯, 무언가 중요한 본론을 건드리고 가는 취미를 사랑한다. 본격적이진 않아도 언제나 삶의 본격을 일깨워주는 감상의 시간만이 삶과 나란히 걷게 한다.

"자기만의 공간을 소유한다는 것은 자기만
의 시간을 확보한다는 의미다."

하재영 지음,

『친애하는 나의 집에게』,

라이프앤페이지,

2020

# 입주 청소

새로 지은 집에 이사 가는 일보다 이미 지어진 집에 이사 가는 일이 더 많다. 사는 동안에는 그럴 것이다. 그 어떤 집이든 집을 비우고 집을 채우는 일을 반복할 테니. 그게 지겨워 오래 정붙일 평생의 집이 있었으면 하는 마음이 든다.

이사 갈 집에 짐을 들이기 전 청소를 한다. 그러고 보니 살면서 단 한 번도 입주 청소를 누군가에게 맡겨 본 적이 없다. 짐을 나르고 풀고 정리하는 것만 해도 중노동인데. 매번 내 손으로 쓸고 닦아 왔다니. 그래서인지 이사를 마친 후 하루 이틀은 앓아눕는 게 준비된 행사였다.

이전 세입자가 살던 흔적을 발견하고 지운다. 구석구석에서 자잘한 잡동사니를 하나둘 발견하고 버린다. 이곳에서 그 사람은 어떤 날들을 보냈을까. 어떤 날들을 견뎠을까. 새로 들어간 집에서는 어떤 삶을 꿈꾸고 있을까.

나는 이곳에 이사 온 날 빛이 드는 삶을 꿈꿨다. 그 삶은 아늑한 삶. 매일매일은 아니더라도 언제든 부담 없이 요리할 수 있는 소박한 부엌 한편. 침대맡에서 퍼지는 좋아하는 향기. 얼기설기 쌓아도 그 자체로 정감 있는 책장. 그 주변을 솜처럼 누비며 사는 삶.

생각보다 오래 머물고 있는 이 집에서 정말로 그렇게 살고 있었나. 직접 갈아 끼운 화장실 문고리. 천장에 단 모빌. 웃으며 놓았던 탁상시계. 그런 것들은 여전히 잘 돌아가고 있다. 삐걱대던 마음도, 허전했던 마음도 어느 한구석 정도는 잠잠해졌다.

종종 이사한 친구들에게 그와 비슷한 마음으로 고른 선물을 준다. 그래도 집에 하나쯤 있으면 좋은 거. 크지 않지만 적당한 곳에 비치해 둘 수 있는 선물들.

거처를 옮기는 일은 큰 결정이다. 어느덧 익숙해진 동네, 익숙해진 집을 떠나 새로 적응을 시작해야 하는 시기. 지난 겨울부터 이사해야지 생각하고 조금씩 발품을 팔다가 잠시 멈춘 봄과 여름. 가을부터는 다시 힘을 내서 찾을 수 있을까.

어느 곳이든 잘 적응할 것이다. 열심히 덜어낼 것이다.

덜어내도 익숙한 세간과 함께 살아갈 테니. 마음 어느 한 곳
은 충분히 아늑할 테니.

"아무도 보지 않고 듣지 않을 때 우리가 진짜로 원하는 사소하고 비밀스럽고 위대한 것을."

최진영 지음,

『일주일』,

자음과모음,

2021

# 바라던 바다

스스로 무엇을 원하는지 알고 있다. 어느 날 아침 그 사실을 자각하고 싱긋 미소를 지었다. 원한다고 다 가질 수는 없겠지만 가지면 좋겠다.

쉽게 망가지는 게 많아서일까. 생활 전반에 있어서 필요한 사소한 마음도 꼭 편의점에서 물건 고르듯 먹는다. 원 플러스 원, 아니면 두 플러스 원. 판촉 행사에 필요한 구성처럼. 교차 증정이라도 되는 듯 이 마음을 먹으면 저 마음도 먹을 수 있을 것 같고, 크게 두 번 더 마음을 먹으면 한 가지 마음 정도는 가볍게 따라올 것 같다. 이럴 때 보면 마음마저도 분신술 하듯 여러 개 갖고 싶은 욕심 많은 사람이다.

마음을 부풀려 여러 개 먹느니 있는 마음을 쪼개서 여러 개 먹는 게 나으려나 싶을 때가 많다. 그럴 때가 오히려 진심이다.

남들 보는 눈이 어떤지 생각하지 않고, 또 내가 하는 어떤 말을 남이 어떻게 새겨들을지 생각하지 않고, 오로지 내가 원하는 마음 하나에 집중하는 순간이 몇이나 있었나. 진심이라고 생각했지만 번번이 나를 속이는 마음이었다.

"너 이런 색 좋아하잖아."

어느 날 내 옷과 신발과 가방을 보고 지인이 말했다. 그 색은 너무나도 무난하고 희미했다. 평소에는 그냥 그런가 보다 하고 지나갔을 말에, 나는 정말 무난한 색을 좋아하는 것인지 궁금증이 일었다.

나는 그저 튀기 싫었던 것이고, 주목받기 싫었던 것이고, 바꿔 말하면 스스로 그래서는 안 되지 않을까 하는 마음이 채도 낮은 곳에 있던 것이다. 그건 내가 바라던 바가 아니었다. 오로지 통제하는 마음속에서 선택지를 골라 왔던 상황들이 생각나 갑자기 서러워졌다.

그 서러움은 누가 종용한 것도 아니며, 그저 눈치 많이 보는 내가 자초한 거다. 조금 더 유난스럽지 않아야만 사랑은 아니더라도 미움받지 않을 거로 생각했던 나. 이런 나에게 나는 무엇을 더 해줄 수 있을까.

나는 모르는 사람들로 시끌벅적한 공간에서 혼자 있는 게 아직도 어렵다. 좋아하는 식당이나 카페, 바에 가서도. 이 자리를 혼자 오래 차지하고 있어서 이 가게가 손님을 더 받지 못하나 하는 이상한 강박 속에 있을 때도 있다.

혼자여도 된다. 혼자여도 충분하다. 나 혼자여도 충분히 이 시간을 이 공간을 누릴 수 있다. 낭비하는 것이 아니다. 말없이 있지만 어느 때보다도 많은 말을 스스로 나누고 있다. 이 한마음 소중히 쪼개 먹는 일이 왜 이렇게 어려울까.

나 하나의 마음이 결국 한마음이라는 진리를 언젠가 체득할 수 있을까. 그것이 혼자만 잘 살고 싶다는 마음과 다르다는 전제하에서.

살아가는 마음이 산산이 부서져 천수를 누린 유리 조각처럼 바닷가에서 발견되는 작은 마음이었으면 좋겠다. 비치코밍(바닷가로 떠밀려 온 쓰레기 등을 거두어 모으는 행위를 빗질에 비유)을 할 때 발견되는 마모된 유리 조각처럼 끝이 부드러운 마음이길 늘 바라고 있다.

"내 안에 고여드는 감정이 혹시 행복이라는 감정이 아닐까요. 행복은 '탁월한 행위'라고 아리스토텔레스는 말했지요. 그러니까 행복은 우연히 주어지는 것이 아니라는 뜻이겠지요."

김숨 지음, 임수진 그림,

『너는 너로 살고 있니』,

마음산책,

2017

# 행복한 새삼

깜빡한 거 없이 밖으로 나와 적당한 걸음으로 걸어갈 수 있는 어떤 날의 시작. 이런 시작이 매일 반복되면 얼마나 좋을까.

오래된 주택을 올려다보다가 창문을 열고 공허한 눈빛으로 바깥을 내다보는 노인의 낯빛과 마주한 새벽. 마을버스 정류장 건너편에서 노년의 공인중개사가 셔터를 올리고 있다. 함께 나온 강아지가 꼬리를 흔들며 그가 들어 올린 신문보다 먼저 공간에 들어선다.

얼마 후 인근 초등학교 아이들의 등교가 이어진다. 통학길을 지도하는 어르신들과 저학년 아이들이 배꼽인사를 나누고, 그 뒤에서 아이가 멘 책가방을 살짝 들어 올린 채 학부

모들이 종종걸음으로 교문까지 함께한다. 몇몇 아이는 잰걸음으로 언니, 형, 누나, 오빠의 손을 잡고 걸어간다. 혼자서도 터덜터덜 씩씩하게 걸어가는 아이들도 있다.

출근길 지하철에서 적당한 자리를 찾아 앉는 날도 더러 있지만 적당히 내릴 때를 대비해 구석에 서 있는 날이 많다. 지하철 객차에서 눈을 감은 채 팔짱을 끼고 있는 직장인들. 앞으로 펼쳐질 바쁜 일들과 무관하게 장면 없이 음악만 흘러가는 몇 분. 그 몇 분 동안 흘러가는 생각을 다 붙잡을 수 있다면 무슨 일이 벌어질까.

횡단보도의 신호를 다 누리며 천천히 지나가는 보행자의 발걸음. 신호에 걸리지 않고 주행하거나 신호에 걸려도 초조할 일 없는 운전자의 콧노래. 평소보다 힘찬 리듬. 평소답지 않게 힘찬 리듬. 그런 힘들의 회차 지점이 있다면. 일하는 날에도 같은 노선을 설계할 수 있다면.

이 밖에도 다양한 모습으로 시작될 매일 아침. 누군가에게는 푹 자야 하는 밤 같은 아침이자, 누군가에게는 계속되는 아침 같지 않을 아침일 수 있는데. 아침에 대한 고정관념을 늘 버리지 못했다. 사회적 거리 두기로 집에 묶여 있는 아침을 보내는 사람이 많아졌던 한동안, 지나간 어느 아침의 기록을 덮어쓰기하고 지나간다.

큰일이 있고, 하루를 몇 년처럼 보내도 하루는 하루라는 듯이 하루가 지나간다. 오늘 하루 잠시나마 행복한 '새삼'이 있기를 바라면서. 세상 행복한 일은 아직이지만 새로운 아침을 머릿속에 그려본다.

"한 걸음 한 걸음 새로운 풍경으로 나아가는 것."

생활모험가 지음,

자기만의방 시리즈 『작은 캠핑, 다녀오겠습니다』,

휴머니스트,

2021

# 새로운 풍경으로 나아가기

부분적으로 맑음. 곳곳에 비.

다 같은 하늘 아래인 줄 알았는데 아닌 모양이다. 들쭉날쭉한 날씨가 하늘의 단순한 변덕이 아니고, 기후 위기의 증거라니. 상황의 심각성을 아는 건 중요하다. 그게 안 되면 안 될수록 삶에서 좋은 것들을 오래 볼 수 없다.

좋은 날씨만 기대할 것이 아니고, 좋지 않은 날씨에 대비해야 한다. 그러려고 몇 해 전 사 두었던 파전 우산이 있다. 모 막걸리 제조 회사에서 만든 그 우산을 쓸 때면 빗소리가 파전 부치는 소리처럼 들린다.

커다란 파전을 부치며 걸어가는 동안 이런 위트만 장전하고 살면 두려울 게 없다는 생각이 들었다. 대체 이런 우산은 어디서 산 거냐고 핀잔을 주던 일행도 이윽고 웃는다. 내가 원했던 웃음꽃이 피는 풍경은 이런 거다.

기후 위기를 극복하는 방법 외에도 이런 일상의 환기가 필요하다. 자신을 둘러싼 반경을 잘 꾸려나가는 것. 그것만이 살길일 때도 있다.

튀기듯이 부친 파전은 언제 먹어도 맛있고, 찌그러진 잔에 먹는 막걸리는 운치 있다. 이런 날은 파전에 막걸리지 하고 생각할 수 있는 것도 즐거움과 낭만이다.

비 오는 날 빗소리를 안주 삼아 마주 보고 앉아 있는 사람의 웃음이 노릇노릇 익는다. 더 태우지 않도록 적당히 대화의 주제를 뒤집어가며 완성하는 이야기. 그 이야기에는 빗소리가 빗소리로만 멈추지 않는 가능성이 있다.

인간의 가장 큰 능력은 전혀 관계없어 보이는 것들을 한 궤에 놓는 것이 아닐까. 무엇을 무엇으로 연상할 수 있는 능력으로 여러 한계를 넘어설 때 나타나는 마음의 풍경이 좋다. 그렇게 조금씩 나아가는 일상이.

"우연은 신이 인생의 한 페이지에 무심코 끼워둔 전단지 같다."

신미나 지음,

『다시 살아주세요』,

마음산책,

2023

# 우연의 장난

장난기 없이 흘러가는 삶은 지루하다. 그렇지만 삶의 지독한 장난질은 싫다. 어디까지나 적당히 웃어넘길 수 있는 우연의 장난이면 족하다.

계획대로 흘러가지 않는 인생 속에서 얻어걸린 것들. 최근엔 어떤 우연을 선물로 받았을까 생각해봤다. 여름철 별미 콩국수를 먹으러 갔는데 영업 종료라고 한다. 여기까지만 해도 실패인데, 돌아가는 길 처음 들른 카페에서 엄청 맛있는 베이글을 먹었다.

따지고 보면 뭐 하나 마음먹은 대로 되지 않는 날들이 흔하다. 그래도, 마음먹지 않아도 애써 무언가 작은 것들을 받게 되는 날이 있다고 생각하면 좀 낫다.

삶이 고약한 데가 있어서 작은 것을 받고 감사해하는 법이 없으면 영영 작은 것도 안 해줄 듯이 굴러만 간다. 어쩌면 삶이 고약하기보다 내 마음이 고약한 대가일 수도 있다. 삶이 그렇다고, 인생 다 산 사람처럼 말하고 싶진 않다.

때로는 아무것도 모르고 싶다. 실제로 아무것도 모르는데 이렇게 더 연막 치는 말을 하는 까닭은 무엇일까. 모른 채로 선물 받고 싶은 무언가가 있기 때문일까.

딱 받을 수 있는 거창한 무언가가 있는 게 아니더라도, 하루하루 조금씩 나눠 받고 싶다. 로또와 연금복권 중에 무엇에 당첨되는 게 좋겠냐고 묻는다면 요즘 나는 단연 연금복권이다. 단숨에 벌컥 많은 돈을 받는 것도 좋지만, 다달이 돈이 들어온다면 좋겠다.

돈이 좋은 것도 분명하지만, 삶에 있어서 계속되는 보장을 받고 싶은지도 모르겠다. 또 내심 단숨에 큰 것을 받으면 무너질 나를 직감하고 있어서 그런 게 아닐까 싶다. 그런데 계속되는 보장 속에서 감사한 걸 계속 알게 될 사람일까. 나는 부쩍 그런 게 궁금하다.

'지금 이 삶은 보상을 꼭 받아야만 하는 삶일까?' 하는 질문을 던지며 하루를 난다. 위기에 대비하는 보장을 넘어 이미 손상된 삶이라 보장을 받아야만 한다는 생각이 하루하루

를 더 억울하고 답답하게 만드는 것이 아닐까 해서 의도적
으로 생각을 멈춘다.

매주 로또 한 장, 연금복권 다섯 장을 세트로 사야지 하
고도 어쩌다 한 번 사는 재미로 지낸다. 이마저도 너무 목숨
걸면 안 된다는 생각. 우연히 되기도 어려운 걸 또 우연히 받
았으면 하는 생각. 우연이 겹치면 운명이라고 하니까. 그 운
명이 온다면 기꺼이 받겠다는 생각.

하지만 이런저런 행운을 묘수처럼 바라지 않고 그저 오
늘을 살아갈 수 있다면 좋겠다. 어쩌면 그 바람이 로또보다
도, 연금복권보다도 더 되기 어려운 마음이니까.

2장

내가 나를
믿고 싶은 순간

"아름다움의 비밀은 사랑과 기쁨에 있다.

좋아하면 아름답게 보인다."

김종갑 지음,

배반인문학『외모 강박』,

은행나무,

2021

# 후면 카메라와 나

남이 찍어준 사진. 그것도 남이 후면 카메라로 찍어준 사진이라면 늘 치를 떨었다. 그렇게 싫어하면서도 매번 궁금하긴 했다. 이게 정말 나인지, 내가 정말 이렇게 생겼는지 묻는 과정을 번번이 거쳤다.

불특정 다수가 모인 자리 현장 스케치 개념으로 찍은 사진. 졸업사진. 출중한 외모를 지닌 어떤 사람과 나란히 찍힌 사진. 그 속에 나는 언제나 최악이라고 느껴졌는데, 그러면서도 그 사진을 찾아보는 일을 좀처럼 멈출 수 없었다.

그렇게 자기 외모 부정이 한창이던 시기에 했던 연애. 그 시절에 만났던 연인을 친구들에게 소개한 날이 있었다. 그로부터 며칠 뒤 친구들에게 그가 찍은 사진을 공유했다. 친구들은 너무한다고 했다. 자기들은 하나같이 못 나왔고 너만 잘 나왔다며, 사랑의 힘이 대단하다고 했는데 나는 이해할 수 없었다. 도통 어디가 잘 나왔다는 건지 알 수 없었다.

그러나 그와 헤어지고 한참 뒤에 사진첩을 열어 보다 깨달았다. 잘 나왔다. 단순히 오늘보다 젊은 날이어서 잘 나온 게 아니었다. 온전히 그 시절 그 사람의 시선 덕분이었다.

그 어떤 필터도 없이 날것의 사진이어도 괜찮을 수 있다. 그 가능성을 보여준 건 한때 나를 좋아했던 이들, 여전히 곁에 머무는 소중한 인연들이다.

사진에 소질 없는 사람도 잘 찍는 인물 사진이 있다. 사랑하는 인물이어야 한다. 무엇보다 그쪽도 나도, 서로를 향한 시선이 무심하지 않으면 이상한 사진도 그저 아름답게 남는다. 그 진귀한 사실을 몇 번 더 경험할 수 있을까.

좋아하면 아름답게 보이는 진리. 그 진리를 자주 잊고 번듯한 사진 한 장 남기기 위한 너무 많은 잔기술을 되새기고 있었는지도 모르겠다. 이제는 그저 번듯해 보이는 사진 한 장 남기는 것보다 자연스럽게 엉망인 사진 여러 장을 남기고 싶다. 사랑해서 망했다는 기분이 이미지에 녹아나면 좋겠다.

사진가도 아니고 제때 카메라를 들 만큼 순발력이 뛰

어난 사람도 아니지만, 사랑하는 이가 저 스스로 놓치고 마는 다양한 순간을 담아낼 수 있다면 그 자체로 행복하지 않을까.

그보다 앞서 지금 내가 해야 하는 일은 후면 카메라를 더는 두려워하지 않는 것이다. 나를 좋아하지 않는, 나에게 무관심한, 나를 모르는 사람이 찍어준 사진에 상처받을 이유가 하나도 없다. 그 속에 용케 찍힌 나를 귀엽게 바라보기만 하자.

아니 어쩌다 이런 표정, 이런 자세로 찍힌 거지, 너무 웃기다 하면서. 작정하고 사랑 앞에 서면 얼마나 또 아름다운 모습을 반전으로 보여주려고 이러지 하면서. 지나가자.

나는 어디까지나 사랑 앞에서 실물파일 뿐이니까. 사랑하는 나의 얼굴을 모르는 사람들이 하는 이야기에 연연하지 말자.

"분별하고 사랑하고 초연할 수 있는 능력.
그 능력이 없으면 자기 안에 갇히게 된다."

조앤 디디온 지음,

『베들레헴을 향해 웅크리다』,

김선형 옮김, 돌베개,

2021

# 자존하고 자중하기

나는 부탁도 거절도 못 하는 사람이다. 너무 못해서 더러 잘못하는 경우가 생기는 서툰 사람. 어릴 땐 그게 어른스러운 건 줄 알았다. 스스로 독립적이라고 착각했다. 속으로 끙끙 앓는데 품이 조금도 커지지 않는 날들이 길어졌다. 어느 순간 알게 되었다. 진정한 독립이란 부탁도 거절도 잘할 때 이루어진다는 사실을.

진정한 독립을 하게 된 이는 자존감이 높다. 자존감이란 스스로 품위를 지키며 존중할 때 차오른다. 근데 그 품위라는 것도 일단 생존해야 챙길 수 있는 게 아닐지. 나는 다만 자기의 존재. 자기 힘으로 생존한다는 뜻을 지닌 자존부터 이루어야겠다고 다짐했다.

살면서 여러 환경과 사람의 도움이 있겠지만 일단은 내가 바로 서지 않으면 아무것도 되지 않기에.

이 사실을 모를 때의 일이다. 막연한 걱정이 앞서면서도 아무것도 제대로 못 해내던 이십 대 때 길을 걷다가 답답한 마음에 어느 천막에 불쑥 발을 들였다.

사주를 봐준다고 쓰여 있던 그 허름한 천막에 역술가 한 분이 졸고 계셨다. 팔짱을 끼고 도인처럼 잠든 역술가를 보고 돌아 나오려다 나지막하게 "저기" 두 마디를 읊조렸다. 그 옅은 소리를 앞질러 가는 차 경적에 잠이 깬 역술가가 물었다.

"뭐가 걱정인데."

생년월일 생시까지 들은 역술가가 구깃구깃한 종이에 사주풀이를 쓱쓱 적으며 다시 물었다.

"뭐가 그렇게 걱정인데."

나는 아직 무언가 이룬 것이 없고, 그 무언가가 뭔지도 모르겠고, 그 뭔지도 모르는 걸 언제 이룰지도 알 수 없는데 그사이에 엄마 아빠에게 어떤 일이 생길까 걱정이라고 했다. 그걸 들은 역술가가 말했다.

"네가 자식이지. 부모야? 부모 걱정을 왜 해. 네가 바로 서야 부모 걱정할 겨를도 생기지. 왜 일을 거꾸로 해. 왜 삶을 거꾸로 살아."

그 일침 끝에 역술가가 말했다.

"자 이제 여기 나가면 네 인생부터 제대로 살아. 알겠지?"

그때 새삼 알게 된 것을 몸소 깨닫는 중이다. 여전히 생각에 치여 삶을 거꾸로 살 때가 많다. 나의 미진한 분별력 때문에 무언가를 초연하게 사랑하는 일이 드물다. 그 드물어서 귀한 일을 더욱 열심히 해보려는데 잘 안된다.

잘 안되는 이유는 내가 내 안에 갇혀서. 자기방어 기제가 세서 생기는 삶의 문제들을 너무도 잘 알고 있다. 그 숱한 패턴 읽기 속에서 내가 나를 보호해줄 의무가 있지만, 내가 나를 열어보지 않으면 좀처럼 알 수 없는 삶의 진가가 많다.

한동안 스스로 신중하다고 오해했다. 독립적이라고 생각했던 착각의 연장선상에서. 이제는 결정에 신중을 기하는 만큼 책임에 신중을 기해야 할 시기인 것 같다. 하기로 한 게 중요한 게 아니고, 하기로 한 이상 해야만 한다. 내 식대로 성의 있게. 모든 일이 그렇다. 그렇게 만전을 기할 때 생기는 자존감. 그 자존감을 바탕으로 내가 사랑하는 모든 존재를 향한 마음을 지키며 뻗고 싶다.

"삶이란 개간도 안 한 울퉁불퉁한 들판으로
자유롭고 정직한 손들을 통해 알찬 수확을
약속하며 말없이 그 일꾼을 기다리는 것이
란 생각이 들었다."

막심 고리끼 지음,

『어머니』,

최윤락 옮김, 열린책들,

2016

# 삶의 수확

언제나 최악을 생각하는 편이다. 그래야 좀 덜 실망하고 상처받지 않을까 싶어서. 삶을 대할 때도 그랬다. 좋은 일이 있을 때면 불안했다. 이러다 또 나쁜 일이 생기지 않을까. 사람이 기쁠 때 방방 뜨는 게 자연스러운 일 같은데도 그렇게 방방 뜨면 무슨 사단이라도 일어날 것처럼 스스로 기를 죽였다.

겁 많은 내가 기쁨 앞에서 할 수 있던 유일한 일은 겸손한 감사뿐이었다. 겸손한 감사를 이어갔을 때 주변 사람들의 반응은 이랬다.

"정말 기쁜 거 맞지?"

정말 기쁘다는 건 무엇일까. 기쁨은 표현해야 제맛일까.

삶에서 기쁨은 수확일까.

삶에서 기쁨은 오히려 경작에 가깝다. 막상 무언가를 성취했을 때보다 그것을 이루고자 노력했을 때가 더 기쁜 적이 많았으니까. 기쁜지도 모르게 기쁘다는 것. 그것이 얼마나 아름다운 일인지 자주 잊는다. 나를 비롯한 주변 사람들이 대부분 그런 편이다.

요즘 같은 시대에는 돈이 기쁨이다. 돈만 있으면 아쉬울 게 없다. 밥을 먹을 때 모든 과정을 거슬러 올라가서 태초의 땅까지 생각하며 감사를 표할 사람이 몇이나 될까. 스스로 농사를 짓는 대신 밥값을 지불한다. 그 밥값을 하기 위해 얼마나 애달프게 지냈는지 그 고충에 매몰되느라 응당 다른 노고의 가치를 쉽게 돈으로 치환한다.

이 정도 돈이면 되나. 이 돈도 아깝다. 그런 생각과 그런 말을 나름의 기준을 갖고 있는 양 당당히 내뱉고 있지만, 나는 돈만 있는 상태로 세상일에 온통 무지한 사람이다. 내가 누리는 모든 것이 어떻게 나에게 왔는지 지난한 여정을 쉽게 생략해서 받아들인다.

삶의 수확을 돈이라고 오해할 때가 많았다. 그도 그럴 것이 모든 문제가 언제나 부족한 돈으로 파생된 것이나 다름없었으니까. 근데 궁극적으로 정말 돈이 없어서 문제였을까.

모든 문제는 돈에 집착했기에 벌어진 것일지도. 있는 돈이든 없는 돈이든 집착했던 그 마음 말이다. 그게 문제의 본질이다.

농부가 그해 날씨를 짐작할 수 없다는 것은 그해 수확을 짐작할 수 없다는 뜻이다. 짐작할 수 없지만 농부는 언제나 땅에 나간다. 땅의 상태를 보고 손볼 수 있을 만큼 손을 댄다. 어쩔 수 없는 하늘에는 기도를 올린다. 삶은 땅과 같은 노력의 영역이다. 그런데 가끔 하늘과 같은 운의 영역에 영향을 받는다.

기후가 좋은 곳에선 유난히 왕성한 수확이 계속될 것 같다. 그렇지만 땅을 갈지 않고, 씨앗을 심지 않으면 좋은 기후도 아무 소용이 없다. 기후가 나쁜 곳은 어떨까. 무언가 키우기 너무 어려운 상황일수록 모종의 노력이 치열해진다. 차고 넘치는 수확은 어렵지만 절체절명의 위기 속 유일한 생명줄을 찾는다.

그 생명줄은 돈이라기보다 어떻게든 살아보겠다는 마음. 그래서 돈도 버는 것이다 되새기는 마음. 스스로 버는 돈에 휘둘리지 않을 만큼 강한 생을 향한 의지가 있는 사람이고 싶다. 삶의 모든 기쁨을 돈이라는 잣대로 받아들이지 않는 그런 폭넓은 사람이 되어 수확의 가능성을 높이길.

"사소하다는 것은 세상의 큰 목소리들과 엄밀한 이론체계들이 미처 알지 못했거나 감안하지 않았다는 뜻이다. 그래서 사소한 것들은 바로 그 때문에 독창적인 힘을 가질 수 있다."

황현산 지음,

『밤이 선생이다』,

난다,

2013

## 애매함이라는 방황

세상 모든 지망생이 겪어야 하는 방황기. 그 시기 애매함을 떠올릴 때면 여전히 부끄럽고 답답해 머리를 부여잡게 된다. 그 무렵 생활이 고스란히 담겨 있는 듯한 노래, 김목인의 〈지망생〉을 종종 찾아 듣는다. 내가 좋아하는 뭔가도, 그걸 좋아하는 나도 어딘가 어렴풋하게 가려진 상태로 다녔던 시절 이야기.

무언가 특별해야 두각을 나타낸다고 생각했던 그때, 나는 한없이 평이하다 느껴졌다. 지망하는 동시에 가망 없음을 느꼈다. 까다롭지 않고 쉽다는 거. 그건 꿈에 다가서기 좋지 않은 인상 같았다. 캐릭터가 분명한 사람들은 개성이 확실한 표현을 자연스럽게 해냈고 그걸 꽤 부러워했던 것 같다.

"그래서 네가 하려던 말이 뭐야?"

이렇게 물어주는 경우가 있다는 것은 그나마 다행이었다. 어떤 소리를 낸 건지도 모르게 지나갔을 때가 많으니까. 어느 날 한 친구가 말했다.

"너도 사람들한테 말이 자주 먹히는 편이지 않아?"

자주 먹힌다. 그것은 잘 먹힌다와 다른 것이었다.

본판이 도화지 같은데 애초에 맞지 않는 물성으로 꿈을 그리는 느낌. 자주 먹히는 붓질을 계속해대다 본판이 울고 결국 뜯어지는 형국이려나.

"어쩌면 스스로 목소리를 먹는 데 익숙해진 사람일 수도 있지."

근데 왜 사람들이 내 목소리에 주목해야 하나. 꼭 그래야만 말할 수 있는 환경이 조성되나. 그 말은 정말 내가 해야 하는 말인가. 나만 할 수 있는 말인가. 나만 할 수 있다면 그걸 왜 반드시 내가 해야만 하는가. 발화 지점만큼이나 중요한 건 속에서 불이 나고 거세지게 된 이유다.

정말 사소한 부분. 세상 입장에서 정말 사소한 부분일 수 있다. 그래서 더욱더 중심으로 모이기 어려운 내 안에 작은 목소리를 모아야 한다.

내 눈에 아무리 최악 같아도 남들 눈에 극악은 아니고,

내 눈에 아무리 최상 같아도 남들 눈에 그저 그런 상태일 수 있다. 그러나 그 정도를 가늠하느라 중요한 문제나 가치를 놓치고 내가 낼 수 있는 최선의 목소리는 아무것도 없네, 단념하는 기질은 창작과 맞지 않다.

흉내만 내지 말자. 있는 그대로를 솔직하게. 솔직하게 드러내는 게 두렵다면 애를 쓰는 모습조차 애틋해질 때까지. 그 애틋함이 이내 담담함으로 거듭날 때까지. 멋있거나 가여워지거나 그런 상태를 고민하는 건 지나친 자의식. 그냥 쓰자. 그렇게 쓴 것을 봐주는 시선이 이끌고 가는 세상의 흐름. 믿을 건 그런 것뿐이다.

그런 각오 끝에 애매함을 조금 덜게 되었다. 종종 전처럼 특별함을 갈급하는 실수를 반복하기도 하지만, 이제는 사람 많고 벨 없는 식당에 가서 끙끙 앓지 않는다. 큰 소리를 내지는 못하지만 물이 있는 곳을 살펴보고, 누군가 큰 목소리를 내서 누군가가 다가오는 틈을 타고 작은 목소리를 낸다. 입 모양을 분명히 하고 눈이라도 똑바로 마주치려고 노력한다.

그런 식으로 마음을 분명히 한다. 자신감은 남들이 보기에도 좋아 보이는 것을 지닌 사람의 것은 아니다. 남들이 어떻게 생각하든 내 눈에 좋아 보이는 것에 가치를 불어넣다 보면 저절로 자신감이 생긴다.

"본질에 대한 탐구는 삶의 근원을 사고하는 일이므로 고통을 수반한다. 불편을 이해하는 일은 고통을 수용하는 일이며, 그로써 이후의 삶을 끌어올리는 일이다."

이규리 지음,

『사랑의 다른 이름』,

아침달,

2023

# 창문 내는 사람

　　창가에 앉아서 풍경이라는 선물을 받는다. 마음 답답한 일이 있거나 생활이 초토화될 만큼 힘겨운 일이 벌어졌을 때 버스나 기차 차창에 머리를 기댄 채 물끄러미 창밖을 보며 이동했던 기억이 난다. 어느 때보다도 나아가고 있다는 감각이 필요했던 시절. 아무 말 없이 동그랗게 따라오는 달과 마음에 맞는 선율로 찾아 듣던 노래가 더없는 위로로 다가오던 그 시절엔 내가 나로부터 시선을 거두기 바빴다.

　　어찌할 바를 모를 땐 그렇게 나로부터 한껏 시선을 떨어뜨려 놓는다. 이따금 이런 일들이 너무 습관화되어 "왜 네 일인데 남의 일처럼 말하냐"라는 말을 듣기도 하지만, 삶도 가끔은 시 같아서 대상과의 거리 조절이 관건일 때가 있다.

이규리 시인의 산문집 『사랑의 다른 이름』을 읽다가 시집 『최선은 그런 것이에요』(문학동네)도 오랜만에 함께 펼쳤다. 시집의 제목이 한 구절로 들어가 있는 「특별한 일」에 나오는 "잘려 나간 꼬리"의 심정으로 살아가던 순간, "몸이 몸을 버리"고 도망가듯이 살아남기 위해 취했던 최선의 자세를 떠올린다.

무언가가 잘 안 풀릴 땐 그냥 내가 그 모든 순간을 감아내는 필름이라고 생각하면서 그 시기를 지나가는 수밖에 없다. 마음이 어려운 시기 호시노 겐의 노래와 문장은 그렇게 칭칭 감아온 나를 일순간 따뜻하고 경쾌하게 인화해준다.

드라마 〈도망치는 건 부끄럽지만 도움이 된다〉의 주인공으로 한국에 알려진 그의 글들을 알음알음 찾아 읽기 시작한 지 몇 년이 지나자 마침내 책 한 권이 번역 출간되었다. 『생명의 차창에서』(민음사)는 호시노 겐이 지주막하출혈로 투병했던 2012년 이후 살아온 나날 속에서 깨닫게 된 크고 작은 단상들을 그러모은 에세이다.

책을 읽는 내내 음악하고 연기하고 글을 쓰는 그가 종횡무진 활동하면서도 왜 유머를 잃지 않으려고 노력하는지 느껴져서 마음이 찡했다. 역시나 말도 못 하게 인생이 힘들던 시절, 내내 잠을 설치다 꼭두새벽에 듣게 된 그의 노래

〈SUN〉과 〈Family Song〉에 미소를 짓다가 이내 눈물이 났는지 그 책 하나로 모든 게 설명되었다.

시련을 겪은 사람의 노래는 왜 그렇게 아름다운지. 그 사람이 또 힘내서 주어진 앞날을 운 좋게 여기며 나아가는 모습에서 인생의 활로를 깨닫는다.

스스로 창문을 내는 사람. 자신의 몸을 기관차에 비유하며 나아가는 호시노 겐처럼 이 지난한 인생에서 내가 나에게 기꺼이 보여줄 수 있는 풍경들을 떠올려 본다.

"그러니까 그냥 걷자. 오늘도, 내일도, 그냥 걷고 또 걷자. 어쨌든 나는 오래도록 꾸준히 잘 걷는 재능만큼은 끝내주니깐."

윤가은 지음,

『호호호』,

마음산책,

2022

# 오래 걷기

오래 걸어서 가야 하는 곳은 멀지만 먼 만큼 가치가 있다. 걷다가 만난 모든 풍경이 또렷하다. 얼른 면허 좀 따서 발 편한 여행 좀 해야지 해도, 오래 걸었던 여행지는 계속해서 기억에 남는다.

직접 발을 들여야만 그 가치를 알 수 있는 좁은 길이나 공간 같은 일이 있다. 단번에 될 수 없는 일들이 왜 이렇게 많을까 속이 상할 때도 많지만, 단번에 이루어지면 또 얼마나 김이 샐까 싶다. 그저 꾸준한 발걸음으로 나아가야만 하는 일에 집중한다.

생각해보면 시의 길은 늘 멀게만 느껴진다. 짧지 않은 습작 기간을 보냈고, 운 좋게 시가 당선되어 발표할 기회가 생겼다. 그렇지만 그 성취와 시는 또 무관해서 시작만을 생각하며 오래 걸어야 한다. 첫 시집 출간 계약을 하게 된 순간에도 멀었다는 생각뿐이었다.

그러나 그 멀었다는 생각이 주는 안도감이 있다는 걸 말하고 싶다. 여기서 끝이 아니고, 힘이 닿는 한 계속 걸을 수 있는 길이 주어졌다는 안도감 말이다.

당선 소감에서 "도처에 앞이 많습니다"라고 고백했는데 그 말은 여전히 유효하다. 어딜 봐도 시와 함께 걸을 수 있는 길이고, 조금 달라진 게 있다면 어떻게 하면 이 길을 오래 걸을 수 있나 하는 고민이 깊어진 것이다.

뭐 어쨌든 뭐가 되어서 길이 계속되는 거 아니냐고 생각할 수도 있겠지만, 그게 아니어도 시는 계속 써야 했다. 그 마음이 아니면 이 길은 애초에 걸을 수 없는 길이었다.

이런 각오는 어디서 다져지기 시작한 걸까. 그건 번번이 실패했던 순간에 있었다. 뛰어가자니 벅차고 걸어서 가자니 금세 날이 저물지 않을까 하는 두려움이 가득했던 때. 왜 저 사람은 되고 나는 안 될까. 내가 쓴 시는 시가 아닌 걸까. 시기와 의심으로 병들어가던 때. 그때 차츰 초연해지던 마음이 있었다.

결국 중요한 건 누구를 앞서는 성공도, 마음도, 시도 아니었으니까. 오롯이 지탱해야 할 실패의 감각과 초조한 마음이 빚어낸 시가 있다면. 누군가는 그 시를 읽을 게 분명했다.

그 확신은 성취와는 거리가 멀어서 오히려 그토록 안 되던 일들에 대수롭지 않게 다다를 수 있었다. 지금도 그 감각을 까먹곤 하지만 정말 중요한 순간엔 목적지를 잊은 채 걷는 연습을 한다.

어디까지 도달해야 한다는 마음 없이 그 길 주변에 놓인 것들에 감사하며 걷는다. 그 오랜 걸음만이 유일한 재능이다. 이 재능마저 없었다면 항상 가로막힌 기분으로 지냈을 것이다.

"자신의 삶을 온전히 책임질 때 우리의 선택은 굉장한 힘을 발휘합니다."

웨인 다이어 지음,

『마음의 태도』,

신솔잎 옮김, 더퀘스트,

2022

## 세대주 본인

1인 가구의 가장이 되었을 때 처음엔 좋았다. 세대원 없이 세대주 본인으로서 살아온 시간 동안 무엇을 책임져 왔나.

반려인도, 반려동물도 없이 정말 스스로만 책임지는 1인 분의 삶을 살았다. 어떤 선택을 할 때 논의할 대상이 없는 채 로 결정하는 일에 익숙해졌다. 스스로 고민하는 형식도 일 종의 논의겠거니 생각하면서 말이다.

내가 나를 위하는 방식은 생활 속에서 빛을 발했다. 생필 품이나 상비약을 충분히 사 두는 일이나 알람을 여러 개 맞 추는 일. 읽을 만한 책, 괜찮은 영화나 드라마, 음악을 충분 히 찾아 두는 일 등이 그랬다.

그런 일들을 담담히 하면서도 생각했다. 함께하는 존재가 더 생기면 이런 일들은 더 값진 것이 되는 걸까. 나는 아직 어른이 아닌 걸까. 다들 어떻게 같이 사는 걸까.

아무리 좋은 누군가를 만나도 하루 정도는 혼자 쉬어야 제대로 쉰 것 같던데. 이런 기분, 이런 성향은 유별난 것일까. 나는 정말 누군가와 함께할 마음이 있는가. 함께 살 모든 준비를 마치려면 나 같은 사람은 어느 정도의 시간이 걸릴까.

혼자 잘 지내는 일 하나도 쉽지 않은데. 혼자 잘 지내는 일 이상으로 다른 존재와 잘 지내는 삶은 좀처럼 상상이 안 간다. 외로움 하나 덜고자 하기엔 너무 큰 결정 아닌가 싶고, 또 내 외로움이 그만큼 대수롭지 않나 생각해봐도 아리송했다.

외로움을 견디는 힘이 책임감은 아닐 텐데. 그럭저럭 혼자 살아가는 힘이 생길 때마다 이 정도면 책임감 있는 사람 아닐까. 혼자서 힘을 내는 것도 하루이틀이지 하는 마음이 들 때면 주변에 가정을 꾸린 친구들은 어떤 마음으로 지내는지 궁금해졌다.

"같이 있어도 외로워. 그럴 바엔 혼자 있는 게 나아."

이런 말을 하는 친구여도 먼발치에서 보면 그 친구처럼 누군가와 같이 괴로운 게 나아 보였다. 외로움은 일종의 괴로움인데, 괴로움 속에서 둘이 복작거리는 일은 이상하게 외로워 보이지 않는달까.

그 모든 게 내 착각이어도 함께 힘낼 수 있는 인연 찾기가 힘든 건 사실이다. 온전히 제 삶을 책임진다는 것은 어떤 것일까. 딱 자기가 느끼는 외로움만큼 자신을 채우는 것일까.

이따금 괜한 오지랖을 피우며 살아가고 싶다. 그다지 외롭지 않은 사람이 누군가와 지내다 보니 불필요한 외로움의 틈을 느끼게 되는 경험을 하는 것처럼. 누군가 떠나고 또 혼자 남게 되는 순간이 올 걸 알면서도 곁을 내는 사람들의 용기가 부럽다.

당장에 낼 수 있는 용기는 부족하지만 하나는 알겠다. 개인이 내릴 수 있는 결정. 그 결정에 따른 책임에는 홀로 감당해야만 하는 값진 고독이 있다는 것을.

"말과 경험을 양쪽에 올려놓은 마음의 저울이 감수력입니다. 감수력은 누군가의 가르침을 받으며 키우는 것이 아니라, 스스로 나 자신의 마음에 물을 주며 키워 가는 것입니다."

오사다 히로시 지음,

『책은 시작이다』,

박성민 옮김, 시와서,

2022

# 말과 경험의 저울질

말은 물처럼, 경험은 그릇처럼. 경험 안에 담긴 말을 좋아한다. 경험을 닦는 말도 좋아한다. 말 속에 잠긴 경험이 수월하게 설거지하려고 물에 미리 담가놓은 그릇 같았으면 좋겠다. 그러나 그 말이 진실로 투명해야만 헹굴 수 있다.

내가 하는 말과 경험의 무게는 어떨까. 사실 그것들의 무게보다 중요한 것은 따로 있다. 말 속에 경험을 오래 쌓아두면 곤란하다. 너무 미루다 해치우는 설거지처럼 말과 경험을 대할 때가 한두 번이 아니다. 시작한 이상 그 또한 끝내게 되어 있지만, 바로 하면 좀 좋은가 싶은 일들.

이게 몇 해째 다짐인지. 남모르게 하는 습관성 거짓말인지. 본인은 너무 잘 아는 고여 있는 말의 중량이 마음의 가중

치로 와닿을 때 비로소 성장한다고 믿는다.

어떠한 경험은 아직 빚지 못한 흙 같고, 어떠한 경험은 잘 닦였지만 깨진 그릇 같다. 어느 한쪽도 온전하지 않지만, 조심조심 손을 갖다 대는 마음. 그 마음이 결정적 역할을 할 때가 있다.

이제까지의 경험 중 제일 찰지며 채 마르지 않은 것이 있다면 무엇일까. 아직 형태를 잡지 못한 추억들이 그 경험에 속할 것이다. 반면 제일 완전하다고 여겼으나 손에서 미끄러져 실수로 깨게 된 경험도 분명히 있다.

어떤 용도로 쓰일지 모르는 경험을 차곡차곡 쌓는다. 흙을 빚고 굽고 쓰다 깨질지 모르는 그릇을 대하듯 조심스럽게 경험을 대한다. 살아가는 일이 녹록지 않을수록 그 자체가 대수로운 경험이다.

어제까지만 해도 말로만 했던 일을 진짜로 해보면 평소 뱉기 바빴던 그 말이 첨벙첨벙 마음에 스민다. 그 말이 자신의 마음에만 스미지 않고 다른 이의 마음에도 스미려면 경험이 온전해야 한다. 그저 주워 담은 것들을 전시만 해서 될 일도 아니다.

경험이라는 그릇을 키우는 좋은 방법은 나 자체를 믿는 일인데. 그 일을 매일매일 잘하기 어렵다. 말로는 그 일을 잘

하기 어려워서 이것저것 경험한다.

경험의 총체를 두고 생각한다. 나는 어떤 걸 곧잘 하는지. 곧잘 못하더라도 재밌어하는지. 또 곧잘 하더라도 심드렁하게 느끼는지. 아예 못하더라도 재밌게 해보려는지. 아예 못해서 다행인지. 이런 것들은 직접 경험하지 않으면 알 수 없는 일이다.

아무것도 안 하면 중간이라도 간다는 말도 있지만, 내 삶에서는 통용될 수 없는 말이다. 중간 역시도 수많은 경험 끝에 찾을 수 있는 좌표이기에. 뭐라도 시도해보는 것에 의의를 둔다. 너무 정신없이 굴지만 않으면 이보다 밀도 있는 성장은 없지 않을까.

말의 무게를 가늠할 수 있는 건 오직 행동뿐이다. 행동이라는 생생한 경험이 쌓인 삶은 누구도 그리 쉽게 넘겨보지 못한다. 나조차도 내 삶이 만만하지 않다는 자각하에 움직여야만 승산이 있다. 그 승산의 주체는 자각이다. 자각이 만든 팽팽함을 마음 다해 좋아한다.

"용감한 사람들이 하는 생각을 알기는 어렵다. 용기는 육감과 비슷하다."

젤다 피츠제럴드 지음,

『젤다』,

이재경 옮김, 에이치비 프레스,

2019

## 그래야겠다는 판단

용기는 마음 안에 있던 계획을 밖으로 펼치는 불씨일까. 계획대로 되지 않는 삶을 지탱해주는 한 줄기 빛일까. 불은 빛을 발하고, 빛도 너무 강하면 불을 붙인다. 용기는 어떤 일의 시작과 끝을 동시에 책임질 수 있는 인간의 초능력 같다.

도무지 잘살 용기도, 그냥 살 용기도 나지 않을 때는 늘 무리하지 않는 선에서 지냈다. 가끔은 그것조차도 버거웠다. 어떠한 주관 없이 살다가 남들 하는 것을 다 하려는 제 모양새가 우습게 느껴져서 모든 것을 멈추고 어디로 도망가고만 싶었다.

멀리 산티아고까지 가서 걷지는 못해도 그저 동네 공원이나 개천과 강변만 걸어도 좋았다. 때로는 지방에 내려가 엄마를 따라 논둑을 걷기도 했다. 늘 다니는 출근길이나 퇴근길을 빙빙 둘러 올 때도 있었다. 그렇게 걷는 시간이 선물해준 건 용기였다.

알 수 없는 무력감에도 폭식을 멈출 수 없어 몸이 잔뜩 커졌을 때도. 무릎에 무리가 덜 가는 선에서 걸었다. 걸을 수 있다는 게 어디냐 싶어 넋을 놓고 걷다 보면 이내 발에 물집이 크게 잡혀 있었다.

이렇게 살면 안 되겠다는 직감이 파고들 때 나는 전에 없던 용기를 낼 수 있었다. 처음으로 혼자 떠난 해외여행, 퇴사와 입사, 이사, 운동, 연애… 삶의 이렇다 할 이벤트들은 내켜서 해야만 마음의 갈증이 해갈됐다.

그렇게 해도 아쉬움이 남는 게 분명히 있었고, 언젠가 또 그런 기회가 오면 해야지 할 때는 너무 늦거나 영영 오지 않았다. 그래서 무언가가 주어지면 눈앞에 없는 기회비용에 대해서 곧잘 생각했다.

무언가를 하는 동안 못 하게 되는 것들. 그 못 하게 되는 것 중에 정말로 중요한 게 있는지. 혹은 그 무언가가 정말 중요한지는 누가 알려줄 수 있는 일이 아니고, 나조차도 오직 그렇다고 믿고 가야 하는 일이니. 그때는 마음의 선택지를 만들어주는 게 중요했다.

이거 아니면 안 된다는 생각. 그 생각 자체가 간절함으로 작용해 용기가 날 때도 있었지만, 반대의 경우도 있었다. 꼭 이거여야만 할까. 그 질문이 마음을 휘저으면 선택지들이 생겨났다.

"그래. 이건 이렇게 할 수도 있지. 맞아. 꼭 그렇게 하라는 법만 있는 것도 아니지."

답을 구하는 과정이라기보다 식을 세우는 과정이라고 생각하면서 지내는 용기가 필요했다. 답 없는 인생이라고 생각하기보다는 무엇을 해도 괜찮은 인생이구나 하는 생각으로 스스로 채근하지 않고 조금씩 시간을 보내는 연습.

누군가 그래도 계획은 있어야 하지 않겠냐고 물어본다면 이조차도 하나의 계획이라고 말하고 싶을 정도로. 내 삶의 시작과 끝을 책임질 만한 작지만 용감한 선택을 이어가면서. 대의나 포부는 아니어도 내가 내 삶 하나는 기필코 책임지겠다는 용기로 살 때 무엇이든 반짝였다.

"완벽한 계절이다. 비와 바람은 이미 지나 갔고, 사람들도 떠난, 자유의 계절에 풀도 자갈도 호수도 사유의 시간을 갖는다."

신유진 지음,

『열다섯 번의 낮』,

1984BOOKS,

2023

## 성숙한 공허

명절이 끝나고 혼자 툇마루에 앉아 시선을 몇 걸음 흩뿌리는 할머니의 마음을 모른다. 그 정도 오랜 세월 많은 사람과 부대끼다가 홀로 한 자리를 지키는 세월은 어떤 마음일까.

오래 살고 싶지 않다고 생각했다. 혼자 오래 남는 것은 지옥이기에. 그다지 많은 사람도 만나지 않았고, 적은 사람도 깊은 마음으로 만났는지 모르는 상태로. 겁이 많은 인간이라는 생각이 들었다. 마음을 주고받는 것에 여전한 의문이 있다.

시작이 좋다가도 끝이 안 좋은 관계를 몇 번 거치면 자연히 그 생각이 들 수밖에 없다지만, 끝을 몰라서 더 기투할 수 있는 소중한 관계의 시작점조차 놓치려는 게 정말이지 한심했다.

요즘은 어딜 가면 일부러 말을 붙인다. 그게 싫은데 억지로 붙이는 게 아니라 수줍지만 해보는 것이다. 이때 아니면 언제 말을 나눠보겠냐는 마음으로 이야기를 주고받으면 어느 순간 나와 비슷한 결로 노력하는 사람의 투명한 표정이 보인다. 다들 어색한 공기에 지지 않고 다정해지려고 애쓰는가 싶어 마음이 묘해진다.

모임에만 가면 진이 빠진다. 내향적인 인간에게 혼자 있는 시간은 소중하다. 하지만 정작 혼자 있는 시간에 더 많은 사람을 생각하는 것이 내향인의 기이한 면모이지 싶다.

함께 있던 시간이 지나고 따로 또 혼자 있을 때. 사람들의 말이나 시선이 우르르 모여든 마음에 바람이 들 때. 그때 나는 온전해진다.

크고 작은 사람들 사이의 사건들도 현재 진행형이 아닐 때. 설령 골치 아픈 일이 끝나지 않은 상태여도 혼자서 생각을 정리할 시간이 주어질 때. 그럴 때면 또 그렇게 미웠던 사람이 이해되고 심지어 사랑스러워지는 순간도 있다.

그렇지만 그 누구도 만나지 않았다면 마음에 미움도 설움도 없고 좋았을까. 그건 아닐 것이다. 성가시지만 역시 사람들 곁에 있는 게 좋다. 지긋지긋한 사람들 덕분에 혼자 있는 시간도 좋아지는 게 분명해서. 또 어김없이 기웃거리는 일상을 산다.

그 일상을 살다가 빚어지는 마음. 여러 벌 유약을 입힌 도자기처럼 선명하게. 속이 텅 비어 있지만, 그 누구도 건드리지 않아 깨질 위험은 없는 채로. 그 자체로 가만히 지켜보기 좋은 상태가 되어 어느 한 자리에 놓여 있는 기분을 사랑한다.

그 기분에 성숙한 공허라는 이름을 붙인다. 이 기분은 여러 사람 손에 빚어져 조금은 투박하지만 해가 가도 질리지 않을 빛깔을 타고났다.

"되고 싶은 것.

하고 싶은 것.

이 둘의 차이를 구분하지 않고 돌연 깊어지
는 일이 예술가의 일일까요?"

박연준, 장석주 지음,

『계속 태어나는 당신에게』,

난다,

2022

# 생활과 예술

좋아하는 일을 전업으로 하는 사람들이 존경스럽다. 전업이 된 이상 생업처럼 생생하게 살아 움직이면서 그 일과 뒹굴어야 하기 때문이다.

특히나 예술이 전업인 사람을 볼 때면 경이롭다. 내가 그러지 못하고 있기 때문인지. 좋아하는 일로 마음의 뾰족한 수를 냈다는 사실 하나만으로도 박수를 보낸다.

이 글을 쓰고 있는 이 시점에도 나는 여전히 갈등 중이다. 열심히 해서 글만 쓰는 생활을 할 수 있을지. 정말로 글만 쓸 건 아니어도 글과 관련된 활동만 더하는 것으로 일상을 단출하게 꾸려갈 수 있을지. 진로 고민은 도무지 끝이 없다.

하고 싶은 마음이 생기면 자연히 되어야 하는 것이 있고, 되고 싶은 마음이 생기면 자연히 해야 하는 것이 있다. 글을 쓸 때도 마찬가지다. 쓰고 있는 이상 작가고 그건 누가 붙여주는 타이틀이기 전에 좋아하는 일에 대한 책임이다.

전적으로 내가 그 일을 하고 있을 때는 전업작가인 셈이지만, 나는 대체로 글을 못 쓰는 시간이 더 길다. 그렇다고 해서 내가 글을 안 쓰는 건 아니다. 작가가 아닌 것은 아니다. 이조차 자각도 불필요할 만큼 그냥 쓴다.

아름답다고 느낀 것을. 중요하다 느낀 것을. 흘러가기 아쉬운 것을. 모르고 지나갔던 것을. 짚고 넘어가는 글쓰기를 한다.

요즘 들어 아쉬운 게 있다면 생활의 반경이다. 생활을 깊이 있게 들여보고 쓰는 일은 계속하겠지만, 무언가를 계속 탐구하기엔 좁은 시선으로 좁은 생활을 해나가고 있는 건 아닌지. 공부가 부족한 건 아닌지. 모험심이 부족한 건 아닌지. 이런저런 자각이 든다.

이러한 문제를 단순히 여행이나 유학 같은 해결책으로 풀기보다는 멀리 가지 않아도 새로운 시선을 확보할 만한 생활을 해야 한다는 판단도 선다. 하지만 그 판단을 바탕으로 어떻게 생활을 세공할지는 두고 볼 일이다.

가능한 선에서 관심사 위주의 생활을 하되 새로운 것을 억지로 들이는 게 좋다. 그것들을 비교적 자연스럽게 해낼 방법은 나와 비슷한 듯 다른 사람들을 만나 이야기를 나누는 것이다.

좋아하는 일로 돌연 깊어지기 전까지. 누군가의 생활을, 누군가가 만든 무언가를 곁에서 운 좋게 지켜보고 간접 경험하길 반복한다. 나 혼자는 안 갔을 곳을 누군가 덕분에 가기도 하고, 나 혼자는 안 먹었을 음식을 누군가 덕분에 먹어보기도 한다.

그런 복합적인 상황에서 빚어져 나온 예술을 경험하면서. 이 모든 게 나 혼자 만든 대단한 것이 아님을 받아들이면서. 생활을 더 감사하게 여길 수 있기를. 그렇게 삶과 예술이 서로 헌신할 수 있기를. 쓰는 사람으로서 기약해본다.

"그러니까 그 분야의 경력이 어떻고 지식이 어떻고 학력이 어떻고 하는 것은 다 필요조건일 뿐 충분조건은 아닌 거예요. 관건은 '그에게 맡기면 문제가 해결되는가' 입니다!"

최인아 지음,

『내가 가진 것을 세상이 원하게 하라』,

해냄,

2023

# 각자 삶의 전문가

어떤 문제 해결에 능통한 사람. 그 어떤 분야의 전문가. 어쩌면 사람들은 각자 삶의 전문가인지도 모른다. 반복적으로 제 삶에 등장한 문제들과 치열하게 맞붙고 있으니 말이다.

나 역시 그 문제로부터 도망가다가도 번번이 붙잡힌다. 피하고 피해봤자 더 큰 산으로 돌아와 결국 그 산을 넘을 방법을 찾아야 한다. 꼭 산을 넘지 않아도 산마루 아래에서 바람만 느끼다 가도 되고, 또 산속 어딘가에서 중턱 같은 삶을 살아도 된다. 고지를 찍고 꼭 내려와야 하는 과정은 아니다.

그러나 어쨌든 눈앞의 산, 생활의 산, 고지로서의 산 중에서 하나는 택해야 한다. 산을 피할 수는 없다. 산 같은 문제를 모른 척하고 살 수는 없다. 문제 하나가 현재 내 삶의 입지 조건을 다양하게 구축하기 때문이다.

심지어 아주 작은 문제가 삶의 심기를 건드릴 때도 있다. 나는 이럴 때 사람들은 어떻게 하나 그런 게 궁금했다. 그렇지만 씨알 하나까지 같은 삶을 사는 사람은 어디에도 없어서 그저 부딪치며 살아야 했다.

혼자서도 이렇게 부딪치는 삶인데. 여럿이 부딪치는 삶을 사는 사람들이 신기할 때도 많았다. 산을 합쳐서 산맥을 이루겠다니. 그 결정이 대단하다 느껴졌다.

그러나 그 결정을 골똘히 들여다보니 삶에 어떤 문제가 봉착할지 모르니 내가 믿을 수 있는 삶의 전문가를 초빙하는 일이었다. 함께 사는 삶이란 각자 삶의 전문가들이 다양한 삶의 가치를 발견하고 담론을 형성하는 것에 가까웠다.

문제 공유가 잘되지 않으면 전문가는 필요 없다. 스스로 문제를 끌어안고만 산다면 될 일이기 때문이다. 그런데 무작정 해결하려는 노력 없이 문제를 꺼내놓기만 한다면 어떨까. 그것이야말로 큰 문제이지 않을까.

나는 내 삶에 온 이 문제와 필히 맞붙어야 한다. 최선을 다해 식을 세워보고 풀리지 않으면 전문가를 찾아야 한다. 진정한 문제 공유를 해야 한다.

진정한 문제 공유라는 것은 이런 문제가 있고, 이런 문제를 어디까지 해결해 보려고 노력해 봤다고 말하는 것이다. 그조차도 잘되지 않아서 와해되는 전문가 집단이 많다.

지나와보니 그게 정말 문제였다. 문제를 나 스스로 수용하지 않고 밖으로만 수소문하고 다닐 때가 아니었다. 지금 눈앞에 있는 이 문제를 어떻게 할 것인가. 나는 내 삶의 전문가가 될 수 있을 것인가.

자문자답하던 시간이 누군가의 관계 속에서 화답할 힘으로 거듭나길 바라며 꼭 해결해야 할 문제가 있다고. 요즘은 그렇게 생각한다.

3장

사람과 사람 사이

"우리는 누군가에게 관심을 가질 때 상당히 많은 정서적 에너지를 들입니다. 그리고 어느 정도 상대의 영역을 점유하기 시작하죠. 정서적 공감을 통해 다른 사람의 삶 속에 존재감을 확립하는 겁니다."

W. G. 제발트 지음,

『기억의 유령』,

린 섀런 슈워츠 엮음, 공진호 옮김, 아티초크,

2023

# 모두에게 좋은 사람

모두에게 좋은 사람이 있을까. 모두에게 좋은 사람일 필요가 없다는 말이나, 모두에게 좋은 사람으로 보이기 위해 애쓰지 말라는 말 자체는 그냥 그럴 수 없다는 사실을 인정한 항복과 같다.

그렇다. 우리 모두는 모두에게 좋은 사람일 수 없다. 그렇다고 해서 세상에 좋은 사람이 없는 것은 아니다. 이 세상엔 드문드문 좋은 사람이 많다.

좋은 사람은 어떻게 되는 것일까. 그 기준은 너무 다양해서 모두를 충족할 수 없겠지만, 그저 자신을 비롯한 누군가가 좋아할 만한 작은 빌미를 삶에 많이 주는 것이 유일한 방법이지 않을까.

그 빌미의 원천은 하나다. 사랑하면 모든 빌미가 생긴다. 빌미는 본디 재앙이나 탈을 불러일으키는 원인인데, 사랑 없이는 재앙도 탈도 그 어떤 좋은 일도 생기지 않아서. 사람들이 기어코 사랑하는 게 아닐지.

"앞으로는 좋은 상태에 집착하기보다 좋아해서 하는 결정에 책임을 다할 거야."

최근 이별 전후 생긴 새로운 다짐 하나. 사람을 만날 때도 마찬가지. 누군가를 좋아하는 것도 하나의 복이지 않을까 하는 생각이 점점 깊어진다.

누군가가 자신을, 누군가가 누군가를, 또 나를 좋아해서 한 결정들로 어쩌면 내 삶이 여러 방향의 바람을 쐬었을지도 모른다는 생각이 들면 새삼 마음이 뭉클해진다. 그러면서 또 그 결정들에 모두 얼마나 책임을 다한 건지 가늠하려 하면 곧장 아득해진다. 미래를 생각하는 아득함. 그것도 혼자가 아닌 미래를 생각하는 아득함. 나는 이제 모두에게 좋은 사람이고 싶지 않다. 다만, 한 사람에게만이라도 온전히 좋은 사람일 수 있을까 하는 생각에 깜깜해질 뿐이다.

이럴 때. 서로에게 일순간 나타나 삶에 많은 빌미를 주는 사람이 있다면 어떨까. 그 사람과 "그것"에 관한 이야기를 끊임없이 이어갈 날을 기다린다.

"너는 왜 내 삶에 대해서 묻지 않았니?"

하이케 팔러 글, 발레리오 비달리 그림,

『우정 그림책』,

김서정 옮김, 사계절출판사,

2021

# 대화 같은 대화

인공지능과 대화를 나눈다. 사람과 대화할 때는 그런 일이 없는데 이상하게 인공지능 앞에만 서면 명령조로 말하는 게 재미있다. "이거 알려줘", "그거 해줘"라고 말해도 인공지능은 기분 나빠하지 않는다. 그게 편하면서도 또 마음 깊이 편안하지는 않다.

목적이 분명한 대화를 나눈 후엔 기분이 묘하다. 사랑하는 사람과 용건만 간단히 하는 대화를 이어갈 수도 있지만, 쓸데없는 대화의 비중이 더 높았으면 싶다. 그게 사람끼리 나눌 수 있는 대화의 특권이기 때문이다. 서너 시간 길게 통화한 끝에 "중요한 이야기는 만나서 하자"라고 말할 수 있는 사이가 있다면 삶은 외롭지 않다.

인공지능과도 감성적인 대화를 나눌 수 있지만, 결국 그 감성의 실체를 사람으로 만나고 싶은 걸 보면 나 또한 외로움에 취약한 사람이다. 그러나 여전히 사람들과 부대끼며 지내는 시간이 괴로울 때가 있다. 괴로움이냐 외로움이냐 하는 선택지에 놓여 있는 듯싶지만, 괴로운 동시에 외로운 시간도 있다.

누군가와 함께 있는데 외로운 기분은 여태껏 느껴보지 못한 또 다른 단절감 중 하나였다. 그건 또 사람을 향한 기대가 있어야만 느낄 수 있는 단절감이기도 했다. 사람에 대한 일말의 기대 없이 살아간다는 건 형식적인 대화에 익숙해지는 일과 다름없다.

목적은 분명해졌지만, 어딘가 공허한 상태로 살아가는 날들. 그런 날들을 유지한다는 게 곤욕처럼 느껴진다면 사람 사는 것처럼 살고 싶은 것이다. 사람 사는 것처럼 산다는 것은 대체 무엇이길래. 사람은 왜 이토록 공허함에 취약한 걸까.

나는 언젠가부터 그런 것들을 가늠해보기 시작했다. 그런 것. 인생에 대수롭지 않게 좋아할 수 있는 것. 좋아하고 있는 게 얼마나 되는지. 또 그런 것들을 각별하게 공유할 수 있는 사람이 있는지. 그런 것들을 가늠해보니 좋은 삶의 척

도가 분명해졌다.

삶의 가치관이 맞는 사람. 그런 사람과 일상에서 나누는 대화가 마음의 길을 내줄 때. 살아 있어서 좋다고 생각했다. 오늘 무슨 일을 했냐고 반복해서 기계적으로 묻는 사람보다 오늘 어떤 기분이 들었냐고 한 뼘 더 깊이 물어보는 사람을 향해 마음이 기울게 되어 있다. 어쩔 수 없는 사람이라서 어쩔 수 없는 상황과 마음을 알아주는 사람을 사랑하게 되어 있다.

그렇게 타고난 사람이라는 게 좋다가도 싫지만, 결국엔 좋은 쪽에 많은 기별을 두기로 한다. 쓸데없이 누군가의 안부가 궁금하다면 그 시간 너무 잘살고 있다고 생각하기로 한다. 이따금 용건 없이 생각나서 연락했다는 말로 대화를 시작하는 용기 있는 사람이 되길 바라며.

"고통받는 사람을 보면서 내게도 저런 일이 일어날 수 있어, 생각하는 사람과 내게는 절대 저런 일이 일어나지 않을 거야, 생각하는 사람. 첫 번째 유형의 사람들 덕분에 우리는 견디며 살고, 두 번째 유형의 사람들은 삶을 지옥으로 만든다."

시그리드 누네즈 지음,

『어떻게 지내요』,

정소영 옮김, 엘리,

2021

# 견디게 하는 사람

누군가의 작은 손톱이나 발톱이 빠졌다는 이야기만 들어도 몸서리가 쳐지는 것처럼, 타인의 삶에 인 작은 파문에도 몸서리가 쳐질까? 신체는 외부의 자극을 고스란히 받아낸 모양을 보여준다. 그러나 마음은 그렇지 않다.

오랜만에 사람들과 이야기를 나누다가 지나간 아픔을 회자할 때가 있다. 대화를 나눈다 해도 그 마음의 상흔을 헤아리기 어렵다. 어느 시점이 지나서라기보다 그 사람의 시점이 될 수 없다는 한계 때문이다.

나는 지나친 감정 이입을 경계하는 편이다. 누군가의 이야기에 쉽게 우는 사람에게도 의구심을 가질 때가 있다. 자기 일도 아닌데 뭐 저렇게 요란하게 슬플까 생각하기도 한다. 그때 느끼는 냉소에는 누구도 당사자의 마음을 온전히 헤아릴 수 없다는 절망감이 녹아 있다.

내가 생각하는 공감의 적정선은 나에게도 그 일이 일어날 수 있다, 그렇기에 더욱 함부로 말해선 안 된다는 감각의 최전선이다. 어떠한 비극. 누구도 쉽게 대신 해결해줄 수 없는 비통한 감정에 휩싸인 사람에게 가장 좋은 위로는 가만히 곁을 지켜주는 것이다.

그의 감정적 상태를 살피고 그 마음의 응어리를 함께 꺼내어 세상에 보여주는 사람. 세상에 다양한 참사가 일어날 때마다 그런 사람들이 함께 견뎌내는 모습에 힘을 얻는다.

자기 일이 아니고, 자기에게 그런 일은 일어나지 않을 거라는 확신이 모여 지옥을 조성하는 날들. 그러한 날들 속에서 나는 뭘 더 극복할 수 있을까. 아마도 극복해야 하는 것은 상처가 아니라 무심함인지도 모른다.

세상에 그냥 놔두면 알아서 해결될 문제는 몇 없다. 시간이 자연스럽게 해결해줄 거라는 확신도 문제의 당사자가 아니고서야 확답할 수 없는 것이다. 골치 아픈 건 애초에 손을 안 대는 게 낫겠다는 판단도 있겠지만, 대체로 자신과 거리가 먼 문제는 사회적 문제로 치부하기 때문이다.

직접 겪지 않으면 알 수 없는 문제가 얼마나 많을까. 내

게도 충분히 그런 일이 벌어질 수 있다는 감각. 돌연한 문제
들 속에서 갖는 위기감이 형성하는 공감대만큼 이 사회에
가장 필요한 치유 면역은 없을 것이다.

"내 잠 속에 흐르는 큰 개울이 있어. 낮의 짧은 손은 그 물을 한 국자 떠서 내게 줄 수가 없어."

자카리아 무함마드 지음,

『우리는 새벽까지 말이 서성이는 소리를 들을 것이다』,

오수연 옮김, 강,

2020

## 깊은 밤 편지

바쁜 한낮에 회사 건물 옥상에 올라 생각한다. 어제 꿨던 꿈이 개꿈이어서 다행이다. 안 좋은 꿈을 꾸고도 이렇게 잘 살아가는 한낮에 안도하면서도 밤이면 다시 불안해질 것을 안다.

잠이 안 올 때면 예전에 받은 편지를 꺼내 한 통씩 읽는 다. 지금도 연락하는 사람, 한동안 연락하지 않은 사람, 이제 는 연락할 수 없는 사람… 인연의 길이와 상관없이 편지에 는 하나 같이 다정한 말뿐이다.

그게 참 설웁고 또 반짝여서 더는 부칠 수 없는 답장의 내용을 속으로 되뇐다. 어떻게 지내고 있을까. 어떤 사람과 의 기억은 처음 시작만 생각나고, 어떤 사람과의 기억은 가장 마지막만 생각나고, 어떤 사람과의 기억은 듬성듬성한데 그게 또 긴밀해서 슬프다.

누군가가 보고 싶다는 감정은 더는 볼 수 없을 때 깊어진다. 사랑해서 또 보고 싶은 경우보다 이별해서 한 번만이라도 스치듯 보고 싶은 경우가 더 많아졌다. 살면서 몇 통의 편지를 더 받고 몇 통의 답장을 보내지 못한 채로 끝을 맺을까.

정말 많이 좋아했지만 편지 한 통 써주지 않던 사람도 있다. 그 사람과 만나는 동안 편지 같은 말을 많이 나눴다. 그래서 조금 안타까운 건 서로 기다려 받은 마음이 없다는 기분으로 헤어진 것.

그 사람이 그리울 때 비 오는 날 어느 가게 창가에 앉아서 돌담 너머 커다란 나무를 바라봤다. 주변을 둘러싼 비바람에도 침착하게 조금씩 흔들리는 나무의 모습이 이상하게 큰 위로가 되었다.

겹지인도 없는 사이인데. 이렇게 헤어지면 영영 볼 일이 없겠구나 싶어 내내 울던 밤들. 어느 순간부터 계속되던 울음도 간간이 그치고, 그때 보았던 나무처럼 어딘가에 있을 그 사람을 상상할 힘이 조금은 생긴 듯하다.

나는 어느 날까지 그 사람을 떠올리며 잠들 수 있을까. 언젠가 이 모든 감정도 바쁜 한낮과 뒤섞여 희석되겠지. 그게 참 잔인한 동시에 희망적으로 느껴진다.

언제나 이렇게 한 뼘씩 지우고 살았을 인연들을 생각하면 아득해진다. 그래도 가능하다면 오래 울고 싶은 마음이었다고. 어찌할 수 없는 이별이었다고. 그렇게 생각하면서 그 사람을 불쑥 떠올리고 싶다.

속에 남긴 말이 없을 정도로 다 했다고 생각한 인연이었는데. 부칠 곳 없는 편지를 쓰고 싶은 밤이 아직 남아 있다.

"부피와 무게 모두 혼자서는 감당이 안 됐지만 조금씩 최대한 방법을 찾기 위해, 머릿속 잡생각은 지우고 가구 조립에 열중했다. 그날 밤은 그렇게 밤이 깊어가는 줄도 모르고 책장을 만들었다. 고독할 땐 조립이니깐."

이보람 지음,

『적게 벌고 행복할 수 있을까』,

헬로인디북스,

2017

# 궁리하는 인간

와해된 가정의 일원으로서 보내는 명절은 단출하다. 어디 멀리서 온 적도 없는데 한데 지어졌다가 찰기를 잃은 밥알처럼 낱낱이 흩어져 살고 있다. 명절이 되면 어디 따로 또 같이 여행갈 생각도 못 하고 엄마 곁으로 간다.

본가란 무엇인가. 그 말이 큰집이나 작은집이라는 말만큼 어색하게 느껴질 때가 있다. 거점 없이 규모와 단위를 재는 것에 어색함을 느끼는 사람이지만 이런 내가 좋아하는 셈도 있다.

무언가 시작할 때 하나, 둘, 셋을 세는 것. 한 판에 이길 확률이 적어 세 판 정도 겨루는 것. 뜸을 들일 수 있는 준비의 시간과 계속되는 기회가 주어지는 삶을 내심 바라는 것일 수도 있다.

몇 해 전부터 추석이 되면 엄마를 따라 나와 바닥에 떨어진 밤을 줍는 게 하나의 낙이 되었다. 인근 저수지까지 걸어가는 길 위에 놓인 밤송이들. 포장 도로까지 굴러간 밤송이들은 신호 없이 쌩쌩 지나가던 차 바퀴에 으깨진다. 어쩌다가 운이 좋아 세 개의 밤톨을 한꺼번에 주울 때 엄마가 "오예"를 외치면 나는 그게 좋다.

아빠와 엄마의 나이 차, 나와 동생의 나이 차, 동생과 동생의 나이 차. 그 간격이 모두 세 살 터울씩 벌어져 있다는 걸 발견한 어린 시절부터 3에 대한 집착이 생겼다. 마음이 쏠리고 길조라고 여기는 숫자지만 막상 발음하다 보면 다소 퍽퍽한 삶처럼 느껴지기도 한다. 퍽퍽한 삶만큼 사이가 벌어져 있구나, 느끼는 날들 속에서 밤송이를 짓이기는 발의 힘을 복기한다.

명절마다 갈음하는 단어들이 있다. 밤(夜)이나 밤(밤나무의 열매) 같은 단어들. 도통 하나라고 말할 수는 없지만 발음이 같아서 속으로 마음껏 굴리고 무칠 수 있는 단어의 이미지들. 풍성함을 이야기하다 보니 외로움마저 풍성해지는 그런 날들에 지나온 명절의 풍경을 그려보면 북적거린다. 전이나 잡채를 만드는 손길처럼 지지고 볶고 하는 게 정이라고 믿었다. 세상에 꼭 그런 정만 있을까.

　내년에는 조금 더 맑은 명절을 보내고 싶다. 슬픔이 고이더라도, 밑바닥을 저어서 흙이 일어나더라도, 기다려서 맑아진 물 위에 돌멩이를 던져서 첨벙 소리를 듣고 싶다. 그런 참을성을 이 계절로부터 배운다.

"믿음을 가지는 과정은 죽음을 받아들이는 과정과 비슷하다. 되뇌고 다시 되뇌면서 체를 거르듯이 맑은 상태로 만드는 일이다."

권영원 글,

「성당」,

『영원한 보람찬 세계』,

권영원·이보람·우세계,

2022

# 정화하는 사람

삶에 관한 다양한 조언이 난무하는 가운데 여전히 눈에 밟히는 조언이 있다.

"세상에 공짜는 없다."

맞다. 정말로 공짜가 없는 게 사실이다. 또 이유 없이 친절한 사람을 조심하라는 말이나, 나에게 나쁘게 구는 사람이 숨기는 게 없어 차라리 안전하다는 말이 와닿는 세상이라니. 이 세상은 얼마나 각박한 걸까.

마냥 세상 각박하거나 위험한 걸 모르고 해맑은 사람을 볼 때면 기이하다. 어디 하나 병든 구석 없이 모든 것을 사랑스럽게 보는 그 눈빛이 오히려 이상하다고 해야 하나. 하지만 애써 그 시선을 무너뜨릴 필요도 없고, 그 해맑음이 유지가 된다면 얼마든지 응원하고 싶다.

그와 별개로 후천적으로 맑은 기운을 유지하려는 사람들이 있다. 나는 그런 사람들이 더 없는 기인처럼 느껴진다. 자신의 삶 속에서 한없이 정화하는 사람들.

이미 몇 번의 큰 시련과 고난이 있었던 삶인데 대체로 과묵하고 그러면서도 조용조용 친절한 모습이다. 그런 사람들을 지인으로 만날 때면 인생 역시 조금 더 살길 잘했다는 생각이 든다.

이렇다 할 화려한 조언을 해주기보다는 그저 자신의 삶으로 본보기가 되어주는 사람들. 그런 사람들이 곁에 있는 삶 자체가 복이다.

하나를 생각하더라도 당연하게 생각하지 않는, 인생 모든 게 거저 올 수 없는 각별한 것이라는 시선을 수렴한 이들의 시선에서 많은 걸 배운다.

예상할 수 없는 날씨가 아무리 찾아와도 계절이 오고 가는 감각을 느끼듯 차분히 그 무렵에 피어나고 열리는 마음들을 받아들일 때. 그럴 때 삶은 정화된다.

각자 아주 힘든 일을 겪고 몇 해가 지난 다음 오랜만에 만난 사람과 눈을 마주쳤을 때. 전에는 없던 호수 같은 고요를 느낄 수 있었다.

"무엇이든 해주고 싶었습니다."

미바, 조쉬 프리기 지음,

『다시 봄 그리고 벤』,

우드파크픽처북스,

2017

## 주거니 받거니

인간관계를 망가뜨리는 주범을 안다. 무작정 받기만 하려는 마음이다. 한동안 마냥 주기만 하려는 마음이 잘못인 줄 알았다. 그게 문제가 아니었는데 말이다.

정확히 하나를 주고 정확히 하나를 되돌려 받으려는 마음으로 소중한 연을 맺는 사람이 있을까. 계산적인 사람이라면 충분히 좋은 거래다. 그런데 어딘가 정이 안 가는 사람을 보면 하나같이 손해를 안 보려는 성향이었다. 그러나 정이 안 가는 관계에서는 나도 손해를 보기 싫은 사람 중하나다.

어쩌면 손해라는 개념을 아는 게 인간으로서 슬픈 일이다. 밑지는 장사를 하고 있다는 마음이 깃들면 인간관계라는 것은 전혀 쓸모없는 것이 되니까. 누구를 만나는 일이 다 돈 낭비, 시간 낭비로 각인되고 마니까.

메신저에서 가능한 선물하기 기능을 자주 쓴다. 직접 만나지 못해도 생일을 맞이한 사람에게 안부 인사와 함께 선물을 건넬 수 있어서 좋았다. 그런데 어느 순간 이용하다가 멈칫하게 되었다.

받고 싶은 선물을 미리 담을 수 있는 위시리스트 기능이 생긴 것이다. 그래, 기왕이면 받고 싶은 선물을 주는 게 낫지 싶다가도, 어쩌면 주는 사람이 직접 고를 수 있는 낭만조차 허락하지 않는 건가 하는 생각이 들어 어딘가 씁쓸해졌다.

또 하나 멈칫하게 만든 건 나에게 선물을 준 사람을 알려주는 문구였다. 그래, 챙겨준 사람은 잊지 않고 챙겨야 도리에 맞지 싶다가도, 왜 직접 기억할 수 있는 성의조차 허락하지 않는 건가 하는 생각이 들어 또 어딘가 씁쓸해졌다.

물론 그 기능이 없을 때 내가 건넨 선물이 정말로 받는 사람을 기쁘게 했는지, 또 내가 챙겨야 할 사람을 잊지 않고 챙겼는지는 알 수 없다. 편리한 기능이 생긴 건 좋지만, 이 기능이 생긴 만큼 나는 더욱 기꺼이 주는 마음에 안일해질 것이다.

모든 관계가 주거니 받거니 하는 활동이 있어야 건강하

다지만, 그런 계산조차 잊고 그냥 줄 수 있을 때 원 없이 주고 싶다. 그런 나의 바람을 실현하려면 언제나 여유가 있어야 한다고 주변에서 입을 모아 말한다. 맞다. 그게 사실이다.

그저 마음이 가는 대로 누군가에게 마음을 다하려면 나는 얼마나 큰 사람이어야 하는 걸까. 정신적으로나 물질적으로나 얼마나 여유가 있어야 하는 걸까. 그런 가늠을 하기 전에 그냥 이끌려 갔으면 좋겠다. 주고 잊었으면 좋겠다. 더는 바라지 않았으면 좋겠다.

하루하루 가난해지는 마음을 더 가난하게 만드는 형식적인 인간관계를 관두고 싶다. 무엇이든 해주고 싶은 그런 유일한 존재가 세상에 있으면 얼마나 충만할까. 그 자체로 선물 같아서 어떤 선물을 더 받지 않아도 충분한 마음을 갖고 싶다.

"누군가를 녹이면 반드시 문제가 생긴다."

임고을 지음,

『녹일 수 있다면』,

현대문학,

2024

## 가까이 보게 된 사람

　　몇십 년 멀찍이 응원만 하던 지인이었다. 자주 볼 일이 없어서. 또 기념할 만한 자리나 좋은 소식 틈에서만 볼 수 있던 얼굴이라서. 내가 기억하는 그의 얼굴은 늘 웃는 얼굴이었다.

　　어쩌다 그와 단둘이 식사하게 된 날에도 그는 여전히 웃는 얼굴이었다. 가까이 보게 된 웃는 얼굴이 그날따라 이상하게 조금 슬퍼 보였다. 함께 연거푸 기울인 술잔 때문인지, 몇십 년 동안 알 수 없던 서로의 근황을 잿가루 날리듯 알려서인지, 그냥 그래 보였다.

　　웃으며 주고받은 이야기가 그날부터 신경 쓰였다. 그 시간을 다 알지 못하고 지나간 것에 대한 안타까움도 있었지만, 조금 더 가까이 보게 된 만큼 한층 더 깊이 응원하고 싶은 마음이었다.

그런 마음이 들어서 한 번 먹을 밥도 두 번 세 번 먹고, 얼마 뒤부터는 언제든 매번 밥을 같이 먹어도 될 사이가 되어 있었다. 한때 입이 짧아서 주변으로부터 핀잔을 받았다는 그가 천천히 맛있게 밥을 먹는 것만 봐도 배가 불렀다.

그와 같이 있는 순간에 밥을 먹으며 나누는 대화가 좋아서 평소보다 손을 많이 움직이곤 했다. 그때마다 수선한 손짓이나 몸짓에 수저나 물잔이 떨어질 듯 놓여 있으면 조용히 바로잡아 주던 따뜻한 사람이었다.

그 무렵 그 사람과 갈 수 있는 대부분의 식당에 가고 나서 우리는 조금 더 긴밀한 이야기를 나누게 되었다. 그러나 그 긴밀함은 갈등과 한 코스여서 몇 달 전까지만 해도 아무렇지 않던 작은 말들도 성가신 생선 가시처럼 바르지 못하고 마주 앉아 있는 일이 많아졌다.

서로 비등비등 예민했던 둘이라서, 상대가 무슨 말을 하면 그 말을 고삐처럼 잡고 있다가 내던지고 크게 낙상한 듯한 마음으로 대화를 이어갔다. 그때마다 그는 이야기했다.

"너는 진짜 나에 대한 배려가 없구나."

그가 말하는 배려가 무엇인지는 정확히 알고 있었다. 내가 내 마음에 앞서 상대의 기분을 헤아리지 못한 채 관계를 이어 나가려 했던 것이 화근이었다. 미안하다고 하면 무엇이 미안한지 말해보라던 그 다그치는 냉랭한 목소리와 표정이 낯설어 가뜩이나 못 하는 말을 더 더듬다가 상황이 악화되곤 했다.

다정했던 그 사람이 맞나 싶어 탓을 하기 바빴던 내 말이 그에게도 비수가 되어 꽂혔고, 우리는 점점 대화가 통하지 않는 사이가 되었다. 차라리 계속 멀찍이 응원만 하던 사이였다면 좋았을까 싶을 만큼 인연의 총량이 다해갈 즈음 다시 만난 자리에서 그와 나눴던 얘기가 종종 머릿속을 맴돈다.

가까운 사이에 어떻게 그렇게 냉랭한 말을 할 수 있냐던 나의 물음에 가까운 사이에 그런 말도 못 꺼내냐고, 그게 어떻게 가까운 사이냐고 되묻던 그.

지나고 보니 그의 말이 다 맞았다. 가까운 사이였기에 주고받을 수 있던 그 솔직한 감정들을 받는 데 당황만 하던 내가 준비가 안 된 사람이었다. 누군가를 깊이 응원하기엔 너무나 미숙한 시절이었다.

"어떤 사람을 만날지는 그가 가진 '생명의 그릇'에 따라 달라진다."

미야모토 테루 지음,

『그냥 믿어주는 일』,

이지수 옮김, 프시케의숲,

2023

## 움직이게 하는 사람

나는 너무도 인간적인 사람이다. 그걸 알게 된 건 마음이
너무 가는 사람을 만날 때였다. 그 사람을 만나기 전까지 나
조차도 내가 사람을 대하는 편차가 이토록 큰 사람인지는
몰랐다. 알고 있었지만 그렇게 큰 진폭은 느끼지 못했을지
모른다. 대체로 나는 나밖에 몰랐던 사람이니까.

어떤 사람한테는 도무지 할 수 없던 행동인데 그 사람한
테는 기를 쓰고 해 버리는 까닭을 도무지 알 수 없었다. 같은
말을 해도 어떤 사람이 하느냐에 따라 그것을 받아들이는
마음의 유연함이 달라서. 사람은 정말 사람을 타는 존재라
는 것을 여실히 깨달았다.

분명 다른 사람이 했다면 도무지 이해할 수 없는 행동

도 그 사람이 하면 그럴 수 있지 싶었다. 오죽하면 그랬을까. "살다 보면 그런 일도 있지" 하고 위로의 말까지 나오곤 했는데. 그 말조차 영혼이 가득해서 스스로 까무러치게 놀라곤 했다.

내가 이런 말을 할 수 있다니. 내가 이런 행동을 할 수 있다니. 내가 이런 수용을 할 수 있다니. 그런데 이 모든 것을 내가 진심으로 하고 있다니. 그런 놀라움에 삶이 조금은 벅차게 느껴졌다. 감동할 수 있는 여지는 늘 남아 있었다.

어찌 됐든 마음이 쓰이면 여지없이 사람 타는 사람이라. 좋은 사람을 만나면 저절로 좋은 사람으로 거듭나고 싶은 마음이 들 듯. 좋은 사람은 상대의 좋은 면을 잘 짚어주는 사람이기도 했다.

좀처럼 좋은 사람을 만날 수 없을 때는 나 자신의 한계를 깨닫고, 차라리 혼자 있는 시간 동안 내가 나에게 좋은 사람이 되려고 노력하는 편이 나았다. 그 노력을 잘하지 못할 때는 누굴 만나도 헛돌았다.

마음이 가지만 마음을 몰라주는 사람을 향한 구원환상 같은 것은 버리고 일단 내가 나부터 돌보는 일상은 그 자체로 의미가 컸다. 내가 원하는 것은 그다지 대단한 게 아니라는 것도 혼자 있을 때는 마음 편히 받아들일 수 있었다.

나도 수용하지 못하는 나를 누군가가 부족하다고 평하는 눈빛과 말씨를 곧이곧대로 받아들이는 일을 멈추는 게 나를 살리는 것이었다.

여러 번 죽을 뻔한 나를 데리고 내가 버스에 올랐을 때. 어떠한 목적지도 없는 채로 노선을 따라가면서 좋아하는 음악을 들으며 차창 너머 풍경만 바라봐도 편안해졌다. 유리창에 살짝 비친 표정이 맑았다. 불편하게 했던 사람이나 상황들은 잊고서 회차하며 돌아오던 시간.

사랑하는 사람을 만나서 그 사람이 나를 움직이게 하는 일은 좋은 일이다. 누군가와 헤어지고도 스스로와 내내 붙어 있는 나라는 존재가 있기에 사랑할 수 있다. 이렇게 혼자 있는 순간에도 할 수 있는 것은 많다. 아무런 용건 없이 버스 한 바퀴 타서 나란히 음악을 나눠 들을 수 있는 어떤 사람을 만나기 전까지 좋은 노래와 좋은 길을 많이 알아두면 되는 일도 그중 하나다.

"우리는 해마다 그 이야기를 한다."

나타샤 트레스웨이 지음,

『네이티브 가드』,

정은귀 옮김, 은행나무,

2022

# 그 시절로 돌아가

초등학교 때 친구들을 만나면 초등학교 때 이야기를 한다. 중학교 때 친구들을 만나면 중학교 때 이야기를 한다. 고등학교 때 친구들을 만나면 고등학교 때 이야기를 한다. 대학교 때 친구를 만나면 대학교 때 이야기를 한다. 예전에 다녔던 회사 동료를 만나면 예전에 다녔던 회사생활을 이야기한다.

그렇다. 이제 와 같은 환경에서 시간을 보내지 않는 우리가 눈을 반짝이며 할 수 있는 이야기는 여전히 그 시절 이야기다. 이따금 각자 일상에서 근황을 꺼내 흥미롭게 듣기도 하지만, 잘 알지 못하는 이야기보다는 역시 아는 이야기가 재밌다.

반복 재생할 수 있는 추억이 있다니. 그 이야기를 여러 번 해도 재미있는 이유는 무엇일까. 그 추억 속에 생생히 살아 있는 사람이 자신의 이야기를 기쁘게 회자하고 있기 때문이다. 훌쩍 컸지만 여전한 시절 인연의 인상에서 깊은 안도감을 받는다.

세월이 흘렀지만 여전한 건 있구나 하는 생각이 무감한 일상을 돌연 생생하게 만든다. 예전에 알던 사람을 찾는 일은 흥미롭다. 찾지 않고 마음 깊이 간직하는 것도 의미 있는 일이지만, 내내 감사했는데 그땐 표현하지 못한 의사를 뒤늦게 전하는 것도 의미 있다.

가끔 꿈에서 동창회가 열린다. 걔는 지금도 그대로일까. 아마도 이렇게 컸을 것 같다고 생각한 친구들이 해맑은 얼굴로 나온다. 등교할 때 우리 함께 골랐던 군것질거리나 누가 누굴 좋아한다는 소문 같은 거. 그런 향수가 남아 있는 이유는 무엇일까.

여전히 묶여 있는 환경이지만 새롭게 알아서 오래가는 인연이 몇 없다. 이제 알아서 어느 세월에 친해지나 싶을 만큼 아득해질 때가 많다. 익숙한 것에 기대지만 결국 멀어진 것은 새것 이상으로 귀해지기 때문에. 몇 번이고 꿈에 나오는 사람들이 있다.

그 사람들은 가끔 나를 떠올릴까. 멀어진 누군가가 누군가를 떠올릴 때마다 이어지는 어떤 꿈의 길 같은 게 있었으면. 무의식적으로 한 번쯤은 닿아도 서로 어색하지도 부담스럽지도 않은 만남이 있었으면 좋겠다.

　굳이 실제로 만나지 않아도 충분한 어떤 그리움의 장을 원하는 것은 그만한 에너지가 삶에 남아 있지 않기 때문이다. 그렇지만 그리움도 삶에 깃든 어떤 에너지라면 충분히 빛나는 삶이 아닐지.

　요즘 방영하는 드라마의 주된 요소는 시간이나 공간을 건너는 것이다. 몇 번이고 건너가서 만날 수 있다면 누굴 어떤 차원과 입장에서 다시 만나고 싶은지 생각해본다. 그대로라면 그 만남 한 번에 다시 멀어질 각오를 하고 갈 자신이 있는지도.

　그렇게 만났을 때 그때와는 다른 온도 차로 만나면 지금의 인생이 어떻게 바뀔지도. 생각해보지만 결국엔 이 자리라서. 지금 시절을 추억할 거리를 열심히 모아본다.

"정체성이란 주어진 것이 아니라 되고 싶은 것이어야 한다고 생각한 적이 있다. 부여받은 이름이 아니라 내가 찾을 수 있는 이름이라고."

이주혜 지음,

『눈물을 심어본 적 있는 당신에게』,

에트르,

2022

# 아이 엠 그라운드

어릴 때 아이 엠 그라운드 게임을 하면 어떤 닉네임과 제스처를 해야 좋을까 고민했다. 게임의 승패에 흥미를 느끼는 사람은 의도적으로 남은 부르기 어려운데 스스로 자신 있게 받아칠 수 있는 닉네임이나 제스처를 고민했을 텐데. 나는 어떤 게 나랑 어울리는 표현일지 고민하는 편이었다.

지금 그 게임을 한다고 해도 아마 비슷한 고민을 할 것이다. 나에게 어울리는 표현이나 나 자신을 수식하는 말들. 어떤 말이 있는지 떠올려본다. 대부분 남들이 수긍할 만한 선에서의 표현이 주를 이룰 것이다. 재미없다.

조금 예외의 것을 두려고 하면 설명이 필요하고, 남들 의식을 많이 하는 입장에서는 개성 넘치는 자기소개가 상당히 부담스러울 것이다. 그럼에도 매끄럽게 보이고 싶어서. 조금 재미없지만 모양 빠지지 않는 선에서 자기소개를 하는 사람이 꽤 있을 것이다.

나 역시 그런 사람이고. 이름도 흔한데 튀기는 싫어 결국은 고민하다가 재미없는 자기소개만 해왔다. 나라는 사람의 정체는 무엇이길래. 왜 규정지어야만 하는 걸까.

하다못해 짧은 자기소개조차 이렇게 허다한 무의미가 난무하는데. 정말 심도 있게 나를 드러낼 수 있는 정체성에 대해서는 솔직해지기가 참 힘들다. 솔직해도 무시나 질타를 받기 일쑤라서 주저하게 되는 자신의 목소리. 그 목소리에 집중하면 내 마음의 윤곽이 확실해진다.

그 어떤 소속이나 남들이 혹할 만한 조건을 다닥다닥 붙이기보다 나 자체로만 놓고 이리저리 고민해서 붙인 한 마디가 오히려 나를 잘 드러내 줄 조명이 된다.

그래서 해가 갈수록 말수 없이 자기 일을 묵묵히 하는 사람이 궁금해진다. 저 사람은 어떤 사람일까. 따로 말을 섞을 겨를이 없어도 풍겨져 나오는 분위기만으로도 그 한 사람이 지닌 위력을 느낀다.

여러 겹의 매력을 지닌 사람일수록 자기 자신을 규정하는 법이 없다. 하지만 그가 두는 시선, 잠깐 꺼내는 손짓이나 말씨가 선연하다.

　모든 수식을 다 덜어냈을 때 나는 어떤 분위기로 나의 정체성을 보여줄 수 있는 사람일까. 그다지 근사한 차림이나 외양이 아닌 상태로도 드러날 진정한 면모가 있다면 그 사람은 부지런히 인생을 아름답게 가꿔왔을 것이다.

　내가 보고, 듣고, 말하고, 먹고, 접하는 모든 순간이 나라는 사람의 결을 형성해서. 가끔은 잠깐 스친 사람이 나보다도 나를 정확히 보았다는 생각이 들 때도 있다. 하지만 사람의 심연은 끝도 없고, 어차피 나도 끝까지 나를 알 수 없는 거라면 내가 원하는 이상향을 그리고 그를 향한 노력을 아끼지 않는 게 정체성을 형성하는 최적의 과정이다.

"나는 타인을 함부로 대할 수 없다. 타인이 나를 위험에 처하게 할 수 있는 능력을 나 또한 동일하게 가지기 때문이다."

심보선 지음,

『그쪽의 풍경은 환한가』,

문학동네,

2019

# 인간성이라는 말

피해를 줄까 두려운 사람. 그래서 되려 차갑다 느껴지는 사람. 그 사람은 인간적이지 않은 사람일까. 인간적이라는 것은 무엇일까.

내 안에 형성된 인간적이라는 말은 소탈하다는 뜻에 가깝지만, 여러 인간 군상을 본 다음부터는 부정적으로도 쓸 수 있는 말로 변용된다. 니체도 말하지 않았는가. 인간적인 너무나 인간적인. 어떤 인간의 면모가 인간을 해치고 인간을 살리는지 뉴스만 봐도 답이 나온다.

매일 끊임없이 일어나는 사건사고에 정신이 혼미하다. 어떻게 인간으로서 그런 짓을 저지를 수 있냐며 고개를 내젓고 혀를 내두르고 할 말을 잃다가 이내 읊조리는 말은 적어도 인간이라면 그러지 말았어야 한다는 말.

적어도 인간이라면 어떤 것을 하지 말아야 할까. 또 어떤 것을 해야 좋은 것일까. 이기주의와 개인주의의 차이를 논할 때, 나는 그 선에 대해서 고민하게 된다. 피해를 줄까 움츠려 있는 것은 배려니까 그 또한 호의로 봐야 할까.

자기방어 기제로 인한 수동공격성은 어떻게 받아들여야 하는 걸까. 나도 나를 지키기 위해 누군가에게 상처를 준 적이 있을 텐데. 남을 위한답시고 한 말도 남에게 상처가 됐을 수도 있고, 어쩌면 나라는 존재가 누군가에게는 상처가 되는 순간도 있을 텐데.

이런 고민을 하고 앉아 있으면 인간은 그 자체로 병폐라는 생각이 들지만, 사람이라는 말을 쓰다 보면 누구 한 명은 살릴 것 같다.

'원수'와 '웬수'의 어감 차이처럼. 철천지원수 같은 인간인 동시에 귀여운 웬수 같은 인간. 한 사람이 가지는 여러 국면에 관하여. 그 한 사람을 바라보는 다각도의 시선에 관하여. 계속해서 생각하면 어지러운 한 사람에 관하여.

결국 한 사람은 한 사람으로 볼 수 없는 존재라서. 가끔은 그 곁에 있는 사람을 보면 답이 나온다는 말처럼 여러 사람이 포개져 있는 듯한 사람을 보게 된다.

누군가와 가까워져 곧바로 말투 하나 표정 하나 동기화가 되는 나를 보면서도. 시시각각 변하는 나의 마음을 느끼면서도. 내가 아닌 상대에 대해서는 너무나 확고한 편견으로 바라보거나 무심한 것은 아닌지.

이런 반성과 별개로 지나가다가 언성을 높이며 싸우는 사람을 보면 나도 모르게 서로 비슷하니까 싸우는 거라고 생각한다. 극과 극은 통하는 것처럼 인간끼리 비슷하다는 게 참 맥락 없는 전율이라서. 오늘도 인간은 서로에게 감전되는 강도를 몰라서 문제구나 싶다.

너도 나도 어쩔 수 없는 인간이라는 걸 받아들이고 함부로 대하지 않고 존중할 수 있다면. 인간을 어디까지 보듬고 나아갈 수 있을까.

"어디에나 흠이 있듯 어떤 흠도 희미한 빛을 품고 있다. 엉성함과 촌스러움과 상스러움과 난잡함의 이면에서 그 빛을 발견하는 순간, 빛은 대상에 귀속되는 데 머물지 않고 찾은 사람에게도 와닿는다."

신해욱 지음,

『일인용 책』,

봄날의책,

2015

# 정말로 빛나는 것

흠집 하나 없는 삶, 그런 사람은 무섭다. 그렇게 될 수 있나? 하는 의구심이 먼저 들기 때문이다. 현실적이지 않다. 여기서 현실이라는 건 누구도 완전무결할 수 없다는 자각이다.

그 자각으로 살펴본 것들. 그중 정말로 빛나는 것은 무엇일까. 원석 같은 거였을까. 하지만 다듬어지다 만 것도, 그렇게 하다 망친 것도 결국 시작은 원석이었을 거다. 나는 그 흔적 속에서 빛나는 아련한 빛을 좋아한다.

그게 좀 이상하게 발현되어서 흔히 말하는 망해가는 것을 좋아할 때가 있다. 완벽히 망하진 않았지만, 조금씩 망해간다고 믿고 무언가를 좋아할 때도 있다. 사람도 마찬가지. 스타성을 타고난 사람보다는 부단히 노력하는데 어딘가 주목받지 못하는 사람에게 마음이 기운다.

그렇다고 해서 그 사람에게 빛나는 부분이 없냐 하면 그것도 아니다. 분명히 있다. 나는 그 분명히 있는 부분을 믿고 좋아하는 것이다. 그러나 스스로 그 광채를 꺼뜨리는 사람을 많이 봤다. 주변에 빛나는 게 너무 많으니까. 어쩔 수 없는 선택처럼 포기라는 선택을 한다.

그때가 제일 마음 아리다. 아픈 것과는 좀 다른 감각이다.

어떤 사람이 어떤 꿈에 정말로 열심일 때 산 작품을 이따금 들출 때가 있다. 계속하지 않는다고 해서 그 작품의 의미가 퇴색되는 건 아니지만, 그 작품을 한 번 들추고 마는데 많은 생각이 스친다.

무언가 대단한 업적을 남기자고 그 꿈을 꿨던 것일까. 이미 꾼 이상 꿈이라는 건 그래야만 하는 것일까. 왜 삶은 꿈 하나 오래 붙드는 법 없이 발길을 재촉할까.

또 한편으로는 이미 꿈을 이룬 사람들은 행복한지 묻고 싶다. 특히나 그게 삶을 단순하게 만들면서까지 많은 시간 할애해야 했던 꿈이라면 더욱이 물어야 할 것 같다. 삶과 함께 빚어낼 수 있는 꿈이었냐고.

지나고 보니 마음이나 삶을 내팽개치고 또 등한시하면서 쓴 글들은 내 입장에서 하나도 빛나지 않았다. 차라리 그런 시간을 지나고 지난 마음과 삶을 어루만지며 다시 쓴 글들이 좋았다.

그 순간 반짝거리진 않아도 희미하게 일렁이는 빛들을 모아 엮은 책들을 만날 때면 여지없이 살아 있어서 다행이라는 생각이 들었으니까.

4장

# 바람이 스친 자리

_____
_____
_____
_____
_____

"나는 절박함이 주는 동력을 아낀다. 후회하지 않으려면 몸을 움직여야 한다는 생각으로, 늪에 빠진 것 같은 상황에서도 팔이건 다리이건 바퀴이건 움직이는 사람들을 좋아한다."

희정 지음,

『일할 자격』,

갈라파고스,

2023

# 움직이는 사람

　나뒹구는 낙엽을 본다. 가만히 들여다보니 자연히 부는 바람만으로 낙엽이 어디론가 향해 가는 건 아니었다. 지나가는 이의 발걸음, 굴러가는 바퀴들이 몰고 온 바람에도 낙엽이 분주히 이동하고 있었다.

　나뭇가지에 겨우 붙어 있는 잎사귀에만 절박함이 있을까. 어느 날엔 떨어진 잎사귀에도 절박함이 있다고 말하고 싶다. 매달리던 일, 그 이후에 방황하는 일 속에도 절박함은 있다고.

　낙엽처럼 나부끼기 쉬운 마음 하나를 주워 두툼한 삶 속에 끼워 두는 편이다. 그 마음은 대체로 잔뜩 물든 마음이다. 문득 어떤 책을 다시 읽었을 때 그 사이에 반반하게 펴져 있는 가을 나뭇잎 한 장을 보는 것처럼 예전 마음을 다시 마주하는 것이 좋다.

그 순간 좋다는 것은 마냥 기쁘다는 게 아니다. 계속됐다면 눈앞에서 부스러질 마음이었는데 잠시 덮어둔 덕분에 아련한 마음이 되어서 좋은 것이다.

왜 사람은 아련함을 아는 걸까. 아련함은 한때 절박했던 사람에게 찾아올 때 가장 환히 빛난다. 그래서 당장은 절박함에 움직이는 사람, 잘 안 풀릴 것 같은 나날 속을 거침없이 휘젓고 나아가는 사람이 좋다.

대체 어떤 부침이 있길래. 어떤 비가 그 삶에 쏟아졌길래. 젖은 낙엽처럼 마음이 바닥에 찰싹 들러붙은 걸까 싶다가도 그 곁을 분주하게 오가는 또 다른 순간이 그 마음을 다시 가볍게 나부끼게 한다.

조금도 상처받지 않은 태초의 마음보다도 산전수전 공중전을 겪은 마음이 아름답게 느껴진다. 마음이 기분 내는 것도 기운 내는 것도 아까워하지 않을 때 삶이 뭉클해진다. 더군다나 그 아름다움과 뭉클함이 계속되는 부침에도 발현되는 것이라면 그 가치를 더욱 높게 살 수밖에 없다.

어느 날 6인실 병동에서 마주한 여러 사람이 한 TV 예능 프로그램을 보다가 흘려보낸 웃음소리처럼. 삶이 기이한 건 아주 막막한 순간에도 잠시 웃어갈 틈을 마련해준다는 거. 그러나 모든 틈은 기다려야 온다는 거.

그게 참 감사하다가도 야속하게 느껴진다. 그 기다림을 멈춘 이의 마음도, 그 기다림을 계속하는 이의 마음도 빈 가지처럼 선명하다. 어떻게 해서든 모든 순간은 나뭇잎처럼 우수수 열렸다가 떨어지기 때문에. 마음은 심정이라는 계절을 탈 수밖에 없다.

때로는 말하기 힘든 어려움으로. 그 말하기 힘든 어려움 속에서도 난처함을 배로 느끼는 일이 없길 바라며. 오늘도 하루하루 움직여본다.

"때로 집들은 보존된다. 때로는 견뎌내기
도 한다."

멀리사 와이즈 지음, 케이트 루이스 그림,

『예술가가 사는 집』,

손희경 옮김, 아트북스,

2021

# 집 하나만 있어도

미리 낙관해도 안 되지만, 미리 낙담해도 안 된다. 안 될 안. 안 될 사람은 어차피 안 된다. 아무래도 안 된다는 그 말을 내 안에 깊이 새기고 살았나 보다. 그래서는 안 됐었는데. 정말 안 되겠다는 생각이 들었을 때 내 나이 어느덧 서른 중반을 지나고 있었다.

예전에 친한 언니·오빠가 말했다. 서른넷, 뭐 인심 써서 서른다섯까지는 하고 싶은 거 마음껏 해보라고. 그 뒤부터는 그렇게 하라고 해도 상황이 생각보다 안 따라준다고. 그랬는데 벌써 그 나이에 다다른 것이다. 현재 시점 국가가 지정해준 청년 나이. 그 끝에 다다랐다. 청년 나이가 좀 더 높게 책정될 수 있다는 기사도 얼핏 보인다. 이러나저러나 이 무렵 스스로 직감했다. 나 어쩌면 이렇게 인생이 끝나도 이상하지 않을 거라는 직감. 세상 사람들이 입을 모아 하는 그 말. 돈이라도 있으면 덜 서럽다는 그 말은 오래전부터 뼈저리게 공감했지만 정반대의 선택을 해왔다.

사실 그동안 아주 놀지는 않았다. 눈을 뜬 시간 대부분 일하며 지냈다. 남들과 다른 특이점이 있다면 경제적으로 여유 있는 집안에서 태어난 것도 아닌데 하고 싶은 걸 꽤 했다. 예를 들면 돈이 안 되는 그런 일을 많이 했다. 돈이 안 된다는 사유 빼고 꽤 건전한 일이긴 했다. 그 일 중에 글쓰기가 있었다.

글 쓰고, 콜라주하고, 인터뷰하고, 직접 편집해서 책과 지류 굿즈를 만들고, 마켓이나 페어에 나가고, 우체국에 가서 작은서점에 책을 부치고, 다시 돌려받고… 그 반복을 10년 가까이 지속했을 때 집구석은 관리 안 된 물류창고로 거듭나고 있었다. 그나마도 자가가 아닌 임대료를 부담해야 하는 남이 가진 오래된 집이었다.

생각해보면 서울살이 내내 구옥이 거처였다. 체리색 몰딩과 노란 장판, 나무 조각으로 이어진 천장이 주는 낭만. 어차피 집은 다 헌 집이 되는데 왜 자꾸 구옥구옥거리냐는 가까운 사람들 말에도 새집 증후군을 겪지 않아도 된다는 승리감 같은 건 생기지 않았다. 그 자리에 주저앉아 두꺼비 회유하며 즐겁게 모래집을 만들 기운도 점점 사라져갔다.

경제적 혜안을 지닌 또래들이 영혼을 끌어모아 집을 살 때 나는 시집 한 권 계약하는 게 소원이었다. 만으로 서른넷에 간신히 그 꿈을 이룰 수 있었다. 내심 기대했지만 차마 기대한다고 공표할 수 없던 일이었다. 그래서 기쁨만큼 남모를 공포로 부풀어 올랐다. 첫 시집 잘 써서 낼 수 있을까. 주거 안정이 안 된 채 노후 대비 없이 중년으로 내달릴지 모르는 상황에서도 그런 고민이 깊었다.

시집에 넣을 시가 있는지 살펴보려고 처음 원고 더미를 인쇄해서 돌아온 날. 엉망진창인 집 상태가 눈에 들어왔다. 이 집에는 조립식 가구 아니면 원목보다 무거운 MDF 가구들뿐이구나. 그나마 나무에 가까운 게 있다면 이 무수한 책들. 뭘 쓴다고, 뭐라도 읽겠다고 모은 책짐 때문에라도 이 집에 눌러앉는 게 현명한 선택 같았구나.

모든 게 착각이었다. 그러나 그런대로 이 집은 버텨주고 있었다. 나의 고단한 몸과 마음을, 지친 표정을, 먼지 쌓인 책들을 말이다. 그게 고마워서 집에 대한 기록을 온전히 남길까 싶었는데. 그 많은 시간 집과 함께한 기억이 몇몇 시에 고스란히 내재화되었다. 남들에게 보이고 싶지 않은 몇몇 세간살이가 아주 적절한 은유로 곳곳에 배어 있었다.

"네가 나를 찾아온 건 바로 그 무렵이었어.
내가 하는 일의 의미가 무엇인지 처음으로
진지하게 고민하던 시기."

배명훈 지음,

『청혼』,

북하우스,

2024

# 가까운 미래

앞으로 어떤 모습일 것 같은지. 그 모습이 잘 그려지지 않는 것도 문제지만, 너무 빤한 그림이 그려지는 것도 문제다. 여러모로 기대되지 않는 미래가 앞에 놓여 있다는 건 창도 문도 없는 벽 속에 갇힌 기분에 가깝다.

이럴 때 혼이 담긴 낙서가 출몰한다. 집 주변 지하차도에는 정말 이상한 낙서가 가득하다. 기도와 절규, 일침과 저주로 가득한 낙서도 많다. 미친 소리에 가깝지만, 삶의 진리를 관통한 듯한 낙서가 시구처럼 놓여 있다.

미래가 깜깜할 때 내 일기장도 그런 낙서장이 된다. 어떤 말은 더 발라낼 이야기가 한 톨도 없는 투명한 진심이라서 그 자체로 과거, 현재, 미래를 다 울릴 수 있는 고백으로 작용한다.

올해 썼던 일기장 속 문장 중에서 가장 많은 시간을 관통하고 있는 말은 "들였습니다"라는 고백이다.

들인다는 것은 무엇인가. 특히나 삶에서 무언가를, 또 누군가를 들인다는 것 말이다.

첫 시집은 마음의 공간감에 천착하며 썼다. 왜 이렇게 내 마음은 비좁을까 비관하고, 어떤 일이 벌어지기 이전에 미리 걱정하고 낙담하는 생활을 했다. 실제 거주하는 공간은 짐으로 번잡해졌고, 내가 견뎌야 하는 몸은 많이 늘어지고 무거워졌다.

작년 가을부터 나를 위축시키던 모든 일과 관계를 되돌아보고, 혼자 해도 좋은 일과 사소한 일을 조금씩 해봤다. 그 과정 중에 제 삶에 무언가를, 누군가를 들이는 것을 경험했다.

천천히 가자고, 떠나지 않을 거라고 말해주는 존재 하나만 있어도 세상은 이렇게 버틴 만큼 피어나는 광경이구나 깨달았다. 그러나 그 존재가 꼭 타자일 필요가 없다. 나라는 한계와 가능성의 줄다리기 속에서 사람은 대개 무수한 투영을 하니까.

한동안 내가 부쩍 사랑하게 된 존재는 내가 머무는 공간에 얼룩진 거울부터 닦아야 한다고 짚어준 사람이었다. 모르고 있었던 문제는 아니지만, 누군가 대수롭지 않게 말하는데 기분 나쁘지 않은 걸 보고 "아, 나 이 사람 좋아하네" 싶었다. 어쩌면 내가 나를 좋아할 희망을 거기서 본 게 아닐지.

내가 나를 좋아할 수 있을 때, 타자와의 관계도 원만하다는 그 당연한 사실도 경험이 있어야 배우는 미숙한 존재다. 그래서 그런지 이제야 눈에 들어오는 감사한 순간들이 가득하다.

"나는 노트의 여백에다 새롭게 알게 된 것들을 적었다. 그러면서 진실을 쓰는 일이 왜 중요한지 알게 됐다. 진실되게 쓴 문장들만 새로운 의미를 얻었기 때문이다."

김연수 글, 「수면 위로」,

『음악소설집』,

프란츠,

2024

# 자주 넘어지는 사람

발목을 자주 삐는 편이다. 그래서인지 천천히 길을 걷다가도 불쑥 넘어지곤 한다. 넘어지면 아픈 게 사실인데 아픈 것보다 민망함을 크게 느끼는 사람이다.

대개 사람들이 그럴 것이다. 특히나 어른이 된 이후부터는 넘어질 때 아픔보다는 민망함에 크게 고개를 숙이는 경우가 많다. 우는 일조차 민망하다고 느껴질 정도이니 말이다.

삶에서 넘어지는 일은 비일비재하다. 특히나 힘없이 걷듯 지친 채 살아갈 때 넘어지기 십상이다. 전방을 주시하며 걷다가도 드문드문 바닥을 봐야 한다. 조심해야 할 게 너무 많아지면 밖을 향하는 일조차 큰 두려움이다.

갑자기 무언가에 고꾸라졌을 때, 그래서 눈물이 날 때.

그 순간 애써 참지 않고 울어도 된다는 어떠한 말을 듣거나 가만한 등 두들김을 느끼면 갑자기 속으로 참았던 눈물까지 터져 나와서 얼굴이 퉁퉁 부을 만큼 울게 된다.

그러나 그러한 순간을 겪는 것도 쉽지 않다. 참고 참는 일에는 어떠한 보상이 따를까. 이렇다 할 보상이 없어도 대부분의 사람이 체면을 선택한다.

내가 나를 대하기도 전에 남을 대하는 모습을 더 떳떳하게 해두려는 그 모습이 어딘가 안쓰럽지만, 그러려니 모른 척 넘어간다. 애써 보여주지 않으려는 삶의 민낯을 들춰낼 필요는 없으니까.

그래도 정말로 긴밀한 사이의 사람끼리는 계속되면 불안한 일이다. 각자 삶의 민낯을 감춘 채 피상적으로 오가는 위로들. 그것들이 주는 헛헛함. 단단하지 못한 결속에 미세한 균열이 계속되면 조용히 멀어지기만 할 테니까.

하지만 그 또한 각자 선택할 몫이라서 피상적인 위로라도, 뭐라도 건넬 수 있는 사이로 결정한 때도 있었다. 그냥 언젠가 그 자신이 삶의 민낯을 부끄러워하지 않고, 다만 이런 부분이 다쳤고 또 아팠다고 말할 날이 오기를 기다리겠다는 마음이었다.

그때가 오기 전에 우리는 멀어졌지만, 여전히 함께 기다리고 있다. 이따금 그가 어떤 일로부터 한참 지난 뒤 꺼낸 말들 속에서 건져 올린 진심에서 꺼낸 해답이다.

사실은 사랑받고 싶었다고. 스스로 이겨냈지만 그 순간 울고도 싶었다고. 언제든 또 비슷한 파도가 오면 맞겠지만 그때는 눈치 보지 말고 마음껏 울었으면 좋겠다. 언제고 진정으로 사랑받고 싶은 그 앞에 아주 큰 사랑이 도착하길 기도한다.

"어쩐지 버려지고 구겨지고 내팽개쳐졌다
는 마음에서 쉬이 벗어나질 못했다."

이기호 지음,

『눈감지 마라』,

마음산책,

2022

# 쉽지 않은 아침

아침은 쉽지 않다. 정확히 얘기하자면 눈을 뜨고 있는 아침도, 눈을 감고 있는 아침도 모두 어렵다. 아침이 어려우면 모든 낮이 모든 밤이 버겁다는 거여서, 그냥 매일 버겁다는 거여서. 그럴 땐 그냥 인생이 버거워 어디에서 죽음에 대한 의지가 퍼져도 이상하지 않다.

조금도 나아지지 않을 거라는 마음도, 점점 더 나빠질 거라는 마음도. 우울도, 불안도, 모두 수거해주는 업체가 있으면 좋겠다. 그런 업체가 있다면 취직을 해서라도 우울과 불안으로 돈이라도 벌 수 있을 텐데. 그런데 우울과 불안의 수거 비용은 얼마가 적당할까.

수거 시간은 어느 정도가 좋을까. 깊은 밤이나 새벽이 좋을까. 모두가 바쁘게 사느라 잠시 무뎌져 있지만 어딘가에서 누군가는 괴롭게 견디고 있을 밝은 아침이나 한낮이 좋을까.

가끔 적당한 우울과 불안은 창작의 원천이 되기도 하니까. 나 같은 사람은 격일제로 수거를 해가면 좋을까. 재활용 가능한 우울과 불안은 어떻게 가공할 수가 있나. 이런 하릴없는 생각도 모든 심리적 구렁텅이에서 빠져나왔을 때 가능했다.

나는 정말 누워 있길 좋아하지만, 그 시절은 좋아서 오래 누웠던 시절이 아니었다. 일을 그만두고 남들 다 바쁘게 사는 아침에 암막 커튼도 모자라 뒤척이며 이불을 뒤집어쓰고 있으면 세상이 끝난대도 서운하지 않았다. 그렇게 있다가 혼자 간다고 해도 이상할 게 없었다.

그럴 때면 옥상달빛의 〈고요한〉을 찾아들었다. 분명 다독이는 목소리인데 멜로디에 잔잔하게 깔린 우울과 불안의 잔상이 있었다. 그 잔잔함이 부담 없어서 꽤 애를 쓴 날 힘을 빼고 싶은 밤이면 누워서 듣곤 한다.

옥상달빛의 또 다른 노래 〈Another day〉는 짤막한 가사지만 조금 더 자신을 사랑할 수 있는 또 다른 하루를 열어줄 목소리가 담겨 있다. 어쩐지 내내 누워만 있던 주인공이 커튼을 열고 창문 밖을 한 번 내다볼 것 같은 드라마의 배경음악 같다.

그 두 노래를 연달아 들으면서 오랜만에 외출했을 때. 그 길로 곧장 걸으며 봄바람에 부스스 움직이는 나무나 풀이 누군가 따뜻하게 쓰다듬는 머릿결 같아서 멍하니 바라봤다.

아직 짙푸르지 않은 새록새록한 연둣빛 움직임이 뭐든 해낼 수 있을 거라고. 뭐 해내지 못해도 괜찮다고. 여기까지 기어 나와준 게 고마워서 좋은 풍경을 보여주겠다는 듯 그날따라 약속 장소로 가는 길이 참 한산했다. 조급하면서도 동시에 멀어지던 마음이 보폭을 따라 가만히 돌아올 때까지.

그때 걷던 길을 힘들 때면 걷는다. 마음의 고저를 안다는 것은 내가 나로 살아가는 데 꼭 필요한 정보다. 어떤 우울과 불안, 강박 등에 삶이 알레르기를 일으키는지 알아가는 게 여전히 버겁긴 해도 단숨에 위험해지지 않고 갈 수 있는 길이라고 믿는다.

"오늘도 별일 없이 열려 있습니다."

공백 지음,

공백 1집 『책방 엔딩』,

2019

# 공백의 고백

뭔가 열심히 하고 있지만 이렇다 할 소득이 없을 때. 뭔가 하다가 완전히 지쳐서 아무것도 할 수 없을 때. 이러나저러나 마음 한 부분이 텅 빈 채로 살아간다고 느낄 때. 저마다 정의하는 공백기의 공통점은 바라는 부분이 채워지지 않는 것이다.

바라는 부분이 없을 때도 공백기는 찾아올 수 있다. 무엇을 바라지 않는 마음이 그 자체로 충족감을 주지 않을 때는 공백기다.

광주광역시 봉선동에 '공백'이라는 공간이 있다. 그 공간에 찾아갔던 그해 11월에도 나는 공백기였다(그러고 보면 공백기가 아닌 적이 있었을까). 그곳 사장님이 내가 혼자 만든 작업물을 가게 안에 놓을 수 있도록 허락해 주셨다.

작업물의 이름은 「뭔가」였다. 정확한 명칭은 「비정기 상념지 뭔가」. 「뭔가」를 들고 북페어나 마켓에 나가면 항상 듣는 말이 있었다.

"뭔가? 이게 뭔가요?"

"비정기로 나오는 간행물이고, 두 가지 관념을 주제로 엮은 작은 책자예요. 말하자면 상념들을 그러모은 것인데 산문과 페이퍼 콜라주, 인터뷰 등의 콘텐츠가 담기곤 해요."

이러한 자세한 설명을 하기엔 늘 당황하기 바빠서 대뜸 "책입니다"라고 대답했던 시절. 어느 공간에 말없이 「뭔가」가 여러 책 곁에 놓여 있을 때가 좋았다. 공백도 그렇게 꿈꿨던 공간 중 하나다.

그런 공백도 공백기를 가지게 된 때가 있었는데. 그때는 그게 공백기가 아닌 영영 이별이나 다름없는 줄 알고 자주 못 간 게 아쉽고 슬펐다. 얼마간 시간이 지나 다시 연 공간도 못 찾아가고 있지만 어딘가에 공백이라는 공간이 있다는 것만으로도 뭔가 큰 안정감이 든다.

공백이라는 말 자체가 전해주는 시적인 느낌이 좋았다. 공백기와 다르게 그 자체로 공간감을 주는 그 울림 있는 단어의 힘이 있기 때문이다.

공백에 "뭔가를 채울 수 있고, 채우려고 뭔가를 비워둔 마음 같은 곳"이 공백이라는 메시지를 적어 두고 온 날부터 지금까지 얼마나 무수한 각자의 공백기가 있었을까.

가끔 공백의 두 사장님께 안부를 묻곤 한다. 그러면 두 분은 꼭 오라는 말보다는 언제든 시간이 되면 오라는 말로 천천히 둘러 이야기한다. 어떠한 삶의 부채감으로부터 멀어지고 싶을 때. 그런 때 슬렁슬렁 생각에 잠기고 싶은 감성과 딱 맞아떨어지는 공간이 있다.

거리와 공간을 주제로 쓰고 엮은 두 번째 상념지「뭔가」가 인연이 되어 멀리 있는 공백이라는 공간을 알게 된 것처럼. 무얼 해도 채울 수 없는 공허한 마음에 열심히 만든 뭔가가 가져다주는 선물 같은 일이 찾아오곤 한다.

당시에는 생각할 수도 없던 일이 생긴다. 그래서 숱한 공백기에도 그저 꾸준할 수밖에 없다. 조금씩 내려놓고 뭔가 열심히 하다 보면 언제 채워지나 싶던 가장 넓은 시간의 장이 마음으로 한가득 채워진다.

"급한 대로 손바닥에 중요한 말들을 받아 적는다. 어쩌면 삶은 그런 식의 다급한 순간들로 이루어져 있는지도 모른다."

지혜 지음,

생활메모집 3편 『매일이 그렇듯』,

2021

# 그 생각에 묶여

어떤 생각 하나에 꽂히면 도저히 다른 생각을 할 수 없다. 그 압도되는 생각에 곧잘 하던 일도 제대로 하지 못하고 최악의 집중력으로 하루를 보낸다. 그렇게 하루로 끝나면 다행인데 며칠 계속되는 생각에 아주 작은 일도 산더미처럼 불어나 나중에는 어디서부터 해결해야 할지 모르는 상황을 맞이한다.

그 순간 내가 할 수 있는 최선의 방법은 빈 노트를 펼치는 것이다. 필압을 느끼는 것조차 부담으로 와닿을 땐 타이핑하고, 타이핑조차 버거울 땐 녹음기를 켠다. 녹음 버튼을 누르고 조용히 혼자만의 심문 시간을 갖는다.

압박하는 질문은 속으로 삼키고 떠오르는 말들을 하나

씩 내뱉는다. 불평불만을 해도 좋고 했던 말을 또 해도 좋다. 다만 이 모든 심문의 시간이 끝나면 오글거려도 한 번은 끝까지 들어야 한다. 어떠한 편집도 거치지 않은 속 안에 말들. 다 나온 건 아니어도 대체로 다 들어봐야 했던 말이다.

최근 강하게 꽂힌 생각 하나는 무엇부터 해결할 수 있을까 하는 난제였다. 일단 그 답을 알기 위해서는 수많은 문제를 꺼내야만 했는데. 하나씩 꺼내기 시작한 문제들이 오히려 더욱 산만하게 만들어 길을 잃게 하지 않을까 걱정이 됐다.

그럴 때는 역으로 목표를 키워드로 두고 문제를 꺼내두면 좋다. 일본의 야구선수 오타니 쇼헤이도 세워봤다는 만다라트 계획을 바탕으로 그 목표를 실현하기에 어려운 문제들을 꼬집어보는 것이다.

이렇다 할 목표가 없는 상황에서는 그저 삶에 문제를 악화시키지 않는 선에서 할 수 있는 것들이 뭔지 새겨보면서 키워드를 적어본다. 그 정리를 해보니 해결해야지 해놓고 이제까지 그대로 둔 문제가 여럿 있었다.

근데 곰곰 생각해보면 그 문제들은 당장에 해결하지 않아도 되는 것들이라서 미뤄왔던 것이다. 그러나 여전히 삶의 발목을 붙잡고 있는 문제라면 해결했어야 하는 문제가 맞다.

나는 왜 그 문제를 문제라고 생각했을까. 왜 그 생각에 빙빙 돌아 지금까지 어디에 시간을 그렇게 써왔던 것일까. 되짚어본다면 생각보다 명확한 방향성이 잡힌다.

내가 어떤 가치관으로 삶을 꾸려가고 싶은지. 그 마음과 반대로 어떠한 욕심과 게으름으로 괜한 오기를 부리고 있는지. 하나둘 파헤치는 과정을 겪다가 저절로 알게 되는 게 있다.

내가 삶에 집중하고 싶구나 하는 마음이다. 살아 있는 감각은 어떻게 생생해질까. 그건 이미 벌어진 문제를 해결하는 능력에 있다. 지갑이나 휴대전화처럼 중요 소지품을 잃고도 출근하고 귀가하는 방법을 터득하는 하루이틀처럼. 미리 대비하지 못한 문제에 대해서도 대처 능력을 키워본다. 미리 대비할 수 있는 문제에 대해서도 한 번쯤 생각해보는 시간을 가지면서.

"나빠지는 환경을 좋은 사람들이 참고 있어. 떠나지 않고 싸우는 사람들 덕에 그나마 이 정도가 유지되는 건데 싸울 여건조차 안 되는 곳이 더 많아."

정세랑 지음,

『이만큼 가까이』,

창비,

2021

# 의미 있는 싸움

농성이나 집회가 벌어지는 도심 풍경이 익숙하다. 그러나 거기 걸린 사안은 언제나 낯설다. 그 까닭은 사회에 그만한 문제가 많다는 것이고, 그 모든 것을 알기엔 내가 내 생활로 혼자 분주하다는 것이다.

의미 있는 싸움이 있을 때면 교통 대란이 일어나도 괜찮다. 이해한다. 그런데 이해하는 정도와 다르게 바쁠 때면 나도 한없이 저만 아는 무지한 사람이 된다. 내가 같은 일을 겪고 있는 당사자라면 단지 저 앞의 상황이 소음으로만 느껴질까.

함께 목소리를 낼 수 있는 문제라면 차라리 다행이다. 그마저도 문제라고 말할 수 있는 상황이 주어지지 않는다면 그 문제들은 어디에서 곪아가는지 가늠할 수 없다.

힘든 환경 속에서 꿋꿋이 버텨내는 것은 미덕일까. 문제를 해결해야 하는 대상이 문제를 해결해주지 않을 것 같고 모든 게 번잡스러울 것 같아 참아보는 사람이 생각보다 많을지도 모른다. 이만하면 살 만하지 하고 버티다가 이내 사단이 일어나는 삶을 보면 마음이 좋지 않다.

긍정도 긍정 나름인데 도무지 이해할 수 없는 환경 속에서도 참는 것으로 어떻게든 말도 안 되는 문제를 이해해보려는 그 마음은 오죽할까. 대체로 거리에 쏟아져 나오는 사람들의 목소리는 삶과 직결되는 문제에 봉착해 있다.

특히나 최소한의 생존권 같은 문제를 두고 벌어지는 싸움은 말이 싸움이지 문제를 만든 쪽에서 상대하려는 노력조차 없을 때가 많다. 그렇게 성의 없이 문제를 휘발시키려는 움직임 속에서 개인은 한없이 작아진다.

그나마도 입을 모아 얘기할 수 있는 문제도 오래 회자되지 않는다. 사회는 왜 이렇게 바쁜 곳일까. 정작 바쁘게 들여다봐야 할 문제들은 보지도 못한 채 밤에도 환한 도심 풍경이 어떤 날의 나처럼 아둔하게 느껴진다.

사람들은 무엇을 버티며 사는 걸까. 버티면 오는 보상 같은 게 뭐가 있을까. 특히나 이렇게 바쁜 도시에서. 뭐가 그렇게 바쁘다고 늘 문제를 문제로 덮는 걸까. 질문을 하다가도 주춤하게 된다. 당장 오늘 나온 뉴스의 전반도 꿰지 못하는 나라서.

막상 나에게 닥쳤으면 한없이 난처했을 문제에 대해서 단 한 번도 깊이 생각해본 적이 없다. 개인적인 삶의 문제와 별개인 문제가 아니다. 내가 취약한, 단숨에 취약해질 수 있는 어떤 사안에 대해서는 한 번쯤 어떤 문제를 겪을 수 있는지. 문제 상황에서 사회가 해줄 수 있는 것들이 있는지.

아니라면 무엇을 요구할 수 있는지. 그게 왜 잘못된 것이 아니고 치열한 삶인 건지. 한 해 한 해 깨닫는다. 별다른 일이 없는 생활을 한다고 해서 세상에 큰 문제가 없는 것은 아니다. 너무 많은 일이 벌어지고 있고, 그 모든 문제가 누군가에게는 가장 큰 문제니까.

"나는 불행과 우연히 충돌했다고 생각했다. 그리고 우연에는 이유가 깃들지 못한다는 것을 받아들였다. 기억이 쫓겨나며 많은 것을 데리고 갔다."

장진영 지음,

『마음만 먹으면』,

자음과모음,

2021

# 일어날 일

우려했던 일도 생각지 못한 일도 터지면 일어날 일이 일어났구나 싶다. 모든 것을 놓은 상태로. 물론 왜 이런 일이 나에게 일어났을까 하는 억울한 감정은 좀처럼 덜어지지 않는다. 직전까지는 현상으로 받아들이지 않아도 됐던 문제일 테니까.

특히나 불행을 초래하는 일에 있어서 태연해질 수 없다. 해도 해도 너무한 일이니까. 그것을 극복할 힘이 남아 있지 않을 때 그런 일이 벌어지는 일도 있으니까.

그 순간 내가 그때 그렇게 했다면 어땠을까. 내 탓을 하게 되는 건 어디에도 돌릴 수 없는 화살이 무수히 많이 삶에 날아들었다는 거여서. 그럴 땐 그저 힘없이 주저앉게 된다.

그러다 이내 생각하는 건 만약이라는 가정도 의미 없을 정도로 일이 벌어졌다는 사실이다. 그 사실을 생각하다가 겨우 힘을 내서 꾸역꾸역 지낼 때는 어떤 정신으로 그 멍울진 시간을 유예해가고 있는지 짐작할 수 없다.

꽤 오랜 시간이 지났을 때도 여전히 이해할 수 없는 현상이지만, 새살이 딱지를 밀어내듯 버틴다. 그렇게 버틴 방식으로 세상 모르고 환한 일상이 찾아오기도 한다. 그 사실에 새삼 슬퍼진다.

아무리 생각해도 그 일을 설명할 방법이 없으니까. 설명할 이유도 없이 슬픔이 깃들었으니까. 처음 느꼈던 막막함과는 또 다른 막막함이 밀려와서 마음의 높은 방둑을 허문다. 그렇게 허문 자리에는 이런 말들이 남았다.

괜찮을 수 있을까. 괜찮은 게 맞는 건가. 괜찮지 않아야 할 것 같은데. 조금씩 괜찮아지는 이유는 인간의 무서운 회복 능력 때문이다. 그게 좋다가도 싫다. 영원히 못 잊을 것 같던 불행의 충돌을 계속 겪을 필요는 없지만, 점점 괜찮아지는 본인이 이해되지 않는 것이다.

그리고 이런 일은 한 번만 오지 않아서. 올 때는 꼭 한꺼번에 와서 지난 아픔까지 청산하지 못했다고 채근하듯 크고 작은 폭탄들을 투하한다.

다음 충돌을 대비해서 체력도 키워보고 정신력도 키워보지만, 그게 전부가 되어서는 안 된다. 있었던 일들을 한바탕 복기하는 일이 필요하지 않을까 싶어 겨우 가라앉은 자리를 긁는다. 부스럼이 올라오면 떼어내고 떼어내는 방식으로.

　　성한 자리가 없는 삶이지만 연약해도 버텨낸 흔적들이 대견하다. 의미 있다. 급류에 휩쓸려 가 훤히 모습을 드러낸 나무뿌리처럼. 그 뿌리들이 서로 엉겨 더 큰 산사태를 막아낸 것처럼. 사람의 인생도 그렇게 경험들이 뿌리처럼 얽혀 일어날 일을 최선을 다해 막는다.

　　정말로 어쩔 수 없는 일 앞에서 자책하는 사람을 보면 말해주고 싶다. 경험이 부족해서 생긴 일이 아니라고. 하지만 어떠한 경험들은 반드시 그 일을 막아내고 있었을 거라고.

"어머니가 나를 안아주며, 흘러가는 건 다 좋은 거라고, 좋은 건 다 흘러간다고 말했다."

편혜영 지음,

『어쩌면 스무 번』,

문학동네,

2021

# 흐름과 맥락


어제 했던 생각이 오늘 자연스럽게 이어지는 날이 있고, 그렇지 않은 날이 있다. 매일 일기만 써도 알 수 있다. 아주 짧은 한 줄이어도 매일 감정선이 하나의 감정으로 이어지지 않는다. 시간이나 분초 단위로도 달라진다.

그래서 가끔 삶의 흐름을 느낀다는 게 신기하다. 솎아낼 이야기는 다 솎고 매끄럽다고 느낄 정도로 스스로 기억을 편집하는 머릿속이 신기하다. 지워진 기억 속에서 정말로 중요한 건 없었을까. 고민해도 이미 지워버렸으므로 이어지지 않는다.

그런데 가끔은 어떤 기억 하나가 불쑥 올라와 서로 연결되지 않던 끝과 끝의 기억을 이어주기도 한다. 그렇게 삶의 맥락을 만들어 간다.

내가 의외로 좋아하는 맥락은 무맥락이다. 비약이라도 하듯이 갑자기 튀어 오른 어떤 기억이 나를 살려줄 때가 많아서, 때로는 의식적으로 하지 않던 행동을 한다. 그런데 신기하게도 그 행동을 하면서 했던 경험들이 떠오른다.

어째서 인간은 새로운 감각과 오래된 감각을 잇는 이음새를 지녔을까. 살기 위한 반추는 계속되는 게 좋다. 인생 흘러가는 것이 맞지만 거슬러 올라가봐도 의미 있는 이야기가 있으니까.

강처럼 흘러 마냥 슬픈 이야기도 있지만 결국 모든 인생은 흐름이 있어서, 그 흐름을 영영 거스를 순 없다. 그래도 가끔은 슬픔이 어디에서 어떤 돌을 만나 널을 뛰는지도 맥락을 파악해야 한다. 그래야 삶이라는 물살의 세기를 가늠할 수 있으니까.

가득해서 고요해 보이는 바닷물도 땅을 만나면 파도를 끊임없이 밀어 보낸다. 바닷속에 들어가는 일도 마찬가지. 발에 닿지 않는 수심까지 느껴져서 아찔해질 때가 있다.

지구상 모든 물은 같은 흐름을 영위하고 있는지도 모른다. 맥락 없이 흐르는 것처럼 보여도. 어쩌면 삶도 그렇지 않을까. 산발적으로 일어나고 또 해내고 끝내 털어버리는 많은 것이 이미 하나의 큰 흐름을 만들고 있을지도.

그 흐름에 관여할 수 있는 건 오직 나인데. 그 흐름을 타거나 모험해보는 일에 있어서 어떤 기억 수단을 갖고 움직일 것인지를 정하는 것도 나다. 그래서 어떤 날은 그 기억을 타고 급류를 맞거나 또 다른 어떤 날은 그 기억을 뗏목 삼아서 천천히 움직인다.

어떤 기억은 맨몸과 다름없어서 헤엄치는 방법을 호되게 가르쳐준다. 이 많은 기억에도 난파하는 때는 이름 모를 예감에서 표류한다. 내일은 어떤 일이 일어나려나. 인간의 능력으로는 알 수 없지만 어느 정도 가닥은 잡고 간다.

무언가를 하고 싶고, 보고 싶고, 갖고 싶고, 버리고 싶은 다양한 마음의 욕구를 삶의 맥락으로 잡고 가면 그래도 잠시 허우적대는 삶이 그리 나쁘진 않다.

"어김없이 한 곡의 음악에 내 하루를 위탁하고 싶어질 때, 그렇지만 결국 음악보다 덜 근사한 하루를 일기로 남길 때. 나는 나로 사는 삶을 나만큼 잘 반복할 수 있는 사람은 어디에도 없다는 생각을 한다."

윤혜은 지음,

『매일을 쌓는 마음』,

오후의소묘,

2024

## 위탁할 수 없는 나날

가끔 분신술을 쓰고 싶다. 어떤 몸은 밥벌이를 시키고, 어떤 몸은 집안일을 시키고, 마음 없는 몸들이 하기 싫은 일 할 때 내 마음이 깃든 유일한 몸은 무엇을 하고 있으려나 상상하는 재미가 있다.

내 마음이 깃든 유일한 몸이 하고 있을 무언가. 그 무엇이야말로 삶에서 진정으로 하고 싶은 일에 가까울 텐데. 실제로는 그 무언가를 하루하루 뒤로 미뤄둔 채 지낸다. 의무감으로서 책임감을 충당하는 사람에게는 지극히 당연한 삶의 수순이다.

후회는 따 놓은 당상이지만, 그 후회를 조금이나마 줄이고자 하루하루 마음에 말미를 준다. 스스로 틈틈이 시간을 주지만 하지 않는다면 진정으로 하고 싶은 게 아닌지도. 딱 여기서 생각이 그칠 때는 모든 게 압박이었다.

전말은 이렇다. 그 진정으로 하고 싶은 것마저 잘해야 한다는 압박에 시달리고 있어서. 그래서 어떤 시간이 주어져도 그 일은 늘 보류 상태였다. 왜 모든 일을 잘해야 하는 걸까. 나는 내가 하는 실수를 왜 받아들일 수 없을까.

인정욕구가 강한 사람은 뭘 해도 성에 차지 않는다. 하고 싶든 하고 싶지 않든 일단 잘해야 하기 때문이다. 이 욕구를 해소하는 방법은 인정받는 것이 아니라 인정하는 것이다.

"아, 나 지금 또 잘하고 싶은가 보다."

이 자각을 하고 멈춰야 한다. 그리고 이어가야 하는 생각이 있다.

"아, 어떻게 사람이 다 잘할 수 있겠어."

실제로 다 못하자고 하는 이야기가 아니기도 하고, 긴장이 비교적 덜 되어서 의외로 모든 것이 잘되기도 한다. 그러니까 요지는 이런 거다.

"잘하자"가 아니라 "일단 하자"여야 한다. 일단 하기 시작한 일들이 따지고 보면 내가 그토록 만들고 싶어 했던 분신이다. 어떤 순간에는 밥벌이를, 어떤 순간에는 집안일을, 어떤 순간에는 글쓰기를, 어떤 순간에는 만남을, 어떤 순간에는 휴식을 한다.

하루하루 집중하는 순간이 내 소중한 분신이다. 다만 이 분신술은 마음을 어느 한쪽에만 몽땅 줄 수 없다는 전제가 있다. 왜냐하면 모든 순간이 내 삶의 총체니까. 다소 마음이 기우는 순간이 있긴 있을 것이다.

그래도 조금씩 마음을 준 순간은 최선을 다할 것이다. 내 삶이 가닥을 잡아갈 수 있도록 최선을 다해 협조할 게 분명하다.

5장

사랑이 놓인 자리

"무릇 사랑이란 일종의 인력이다. 끌어당겨서 연결시키는 힘이다. 그러므로 이것 없이는 인간 관계가 처음부터 성립되지 않는다."

마스타니 후미오 지음,

『아함경』,

이원섭 옮김, 현암사,

2019

# 사랑의 삼박자

"그러니까 네가 좋아하는 사람이 너를 좋아해야 하고 그 관계가 좋아지도록 서로 노력해야 하는 거네? 그게 현실적으로 가능한 일이야?"

어느 날 친구와 통화하다 깨달았다. 내가 꿈꾸는 사랑은 세 가지 전제조건이 있어야 한다는 것을. 첫째는 내가 좋아하는 사람과의 사랑이어야 한다. 둘째는 그도 좋아해야 하는 사랑이어야 한다. 셋째는 서로 좋아하는 것 이상으로 노력해야 하는 사랑이어야 한다. 그 모든 조건을 충족하는 사랑은 드물었다. 그 드문 것도 오래가지 않았다.

그토록 안 되는 것인데 여전히 그 이상을 포기하지 못하는 이유는 뭘까. 사랑한다는 건 대체로 끌려가는 일이었다.

드물게 끌어오는 힘이 내게도 있었지만, 대체로 나는 끌려가는 쪽이었다. 그런데 그것만으로는 사랑이 되진 않았다.

언젠가 어느 모임에서 옆자리에 앉게 된 처음 본 사람이 말을 걸어온 적이 있다. 여럿이 모인 자리에서 조용조용 나지막한 목소리로 말을 걸어주던 사람. 그 옆모습에 이끌려 몇 달 애가 닳았다. 그날 그 사람 얼굴 대신 내 마음의 정면을 보면서, 이렇게 사람이 별다른 걸 안 하고도 사람을 좋아하게 만들 수 있다는 사실을 새삼 깨달았다.

생각해보니 나란히 앉은 사람에게 호감이 생긴 게 처음 겪는 일은 아니다. 적게는 한 달, 길게는 한 학기 이상을 나란히 앉아 수업을 듣는 짝꿍을 뽑던 학창 시절. 누가 되려나, 초조하게 입술을 깨물며 기다리다가 원하던 상대가 짝꿍이 되었을 때. 그때 그 기분은 이루 말할 수 없었다.

커보니 그런 우연 자체가 겹치는 일이 별로 없다. 어쩌다 한두 번 좋아하는 사람과 접점이 생길 수는 있어도 놀랍고 귀한 일이 생길 확률은 낮다. 한때 잘 맞은 타이밍도 별것 아닌 일로 어긋난다. 또 때때로 어긋나기만을 기다리는 사람처럼 행동하기도 한다. 어쩔 수 없는 이끌림도 계속되면 신기하지 않다. 관성이 된다.

'끌어당겨서 연결하는 힘'이 사랑이라면 나는 한동안 방향을 잘못짚은 사람일지도. 끌어당기면서 동시에 연결하기라니. 그 말은 결국 스스로 구심점이 되어야만 사랑할 수 있다는 이야기 아닌가.

어린 시절 한 손에 신발주머니를 쥐고 팔을 둥글게 휘저으며 가볍게 걸어가던 기억을 떠올린다. 뒤에서 이름을 부르며 달려오던 한 아이가 그 신발주머니에 맞고도 웃던 날이 있었다. 별다른 이유 없이 누군가가 좋았던 마음. 그 마음을 어떻게 표현할 줄 몰라 장난을 치고, 그 장난으로 오해가 생겨 멀어졌던 관계. 앞으로 그런 반복을 몇 번 더 겪게 될까. 남은 생에 끝까지 나란히 걸어갈 상대를 만날 수 있을까.

계속될 인연을 만나기 이전에 사랑이 없었다면 나는 그 누구도 만나지 못했을 거다. 그 사실이 문득문득 감사하다. 잘 이어지지 않았지만 그래도 이끌렸던 인연들 덕분에 여기까지 왔다.

"한때 나는 한 사람의 이름으로 시작하는 수많은 사실들의 리스트를 지니고 있었다."

윤이형 지음,

『개인적 기억』,

은행나무,

2023

# 한 사람에 대한 메모

처음 만난 날 그가 술집으로 걸어들어올 때 나는 의자와 테이블 사이가 좁은 공간에 앉아 무릎을 사선으로 내밀고 있었다. 오른 방향으로 불편하게 내몰린 무릎을 몇십 분 동안 참고 있었지만, 소심한 나는 일행에게 아무런 말도 할 수 없었다. 내 오른편 자리에 나란히 앉게 된 그가 몇 분간 비좁은 자리를 견디다 말했다.

"여기 자리가 좀 좁아서 그런데 테이블 좀 뒤로 밀 수 있을까요?"

그 덕분에 그제야 편안한 자세로 대화에 집중할 수 있었다. 낯을 가리는 듯 적당히 대화에 집중하다가도 내 말수가 줄어들면 고개를 설핏 숙이며 조용한 목소리로 넌지시 말을 걸어주기도 했다. 그 모습이 솜을 누비듯 좋았던 것 같다. 그 때부터였다.

한 사람을 궁금해하는 마음은 쉽게 오지 않는다. 어느 순 간 그렇게 되었다. 쉽지 않게 되었다. 그 쉽지 않은 궁금증에 평소답지 않게 용기가 났다. 집으로 돌아가는 차편을 잡으 려는 그에게 말을 걸었다. 이렇게 보고 언제 또 볼지 모르는 데 맥주 한 잔이나 더 하면서 이야기나 나누자고.

거절하기에 민망했는지, 정말로 이야기를 더 나누고 싶 었는지. 담백하게 그러자는 그 사람과 길을 걷기 시작했다. 긴장한 탓에 처음 가려던 가게는 도통 보이지 않았고, 그 핑 계로 본의 아니게 나란히 밤 산책을 했다. 그래도 걸으면서 꽤 많은 이야기를 나누니 어느 정도 어색함이 풀렸다.

어렵게 도착한 가게는 둘 다 처음 와본 곳이었다. 새벽 늦게까지 사람들이 흘러나오는 노래를 따라 부르는 곳이었 다. 내내 옆모습만 보다가 처음 마주한 그의 눈을 따라 어색 하게 시선을 움직였다. 이렇다 할 직접적인 이야기는 못 한 채 시끌벅적한 공간 속에서 시답잖은 이야기라도 나누고자 서로의 입 모양을 눈여겨보는 상황에 웃음이 났다.

이제 겨우 처음 본 사람. 저 사람은 왜 여기까지 따라와 준 걸까. 심지어 술도 잘 마시지 못하는 사람인데. 그래도 스스로 찾아 마시고 싶을 때는 단 술을 고르는 사람이었다. 짧은 시간이지만 알게 되는 것들이 있었다. 그것들을 되새길 수 있는 인연과 그렇지 못한 인연. 지금 이 인연은 어떤 인연일까. 그런 생각을 하는데 갑자기 가게에 환한 불이 켜졌다. 그 순간 시간 가는 줄 모르고 마감 시간까지 떠들던 서로의 어색한 표정이 더욱 선명하게 들어왔다.

연애는 꿈도 꿀 수 없던 그때 그 사람과의 하루. 이따금 그 하루가 꼭 연애 같다는 생각을 한다. 어쩌면 진짜 연애로 접어들 수 있는 어떤 기로 같은 하루.

만나서 한없이 좋아질 것 같은 사람과는 이상하게 진짜 해야 할 이야기를 못 하고 헤어지고 만다. 단순히 사랑한다는 표현을 넘어서 이 사랑을 어떻게 책임질 것인지 이야기 나눌 수 있는 기로. 지금까지는 늘 그 기로에서 좌절했지만 이다음엔 꼭 접어들고 싶다.

표현하고 책임지고. 어쩌면 삶은 이 두 가지 재능으로 물드는 하늘일 수도 있겠다. 때로는 햇빛처럼. 때로는 달빛처럼. 일순간 모든 시간을 채우는 사랑의 재능이 내게도 있을까.

있다면 조금 더 성숙한 모습으로 맞이하고 싶다. 그토록 귀한 한 사람을.

"결핍을 결핍으로 지울 때, 텅 빈 인생은 비
로소 이야기를 갖는다."

신용목 지음,

『비로 만든 사람』,

난다,

2023

# 결핍으로부터

사랑하는 사람이 말했다. 믿음, 소망, 사랑 중 사랑이 제일이라고.

사랑하는 사람에게 물었다. 제일은 아니지만 소망에 관해 묻고 싶었다. 소망이 이루어진다면 삶의 결핍을 채우는 방향이 좋냐고, 아니면 새로운 걸 받는 게 좋냐고.

사랑하는 사람 대신 내가 말했다. 예전엔 결핍을 없애고 싶었는데 지금은 그냥 새로운 걸 받겠다고. 그리고 생각했다. 나는 결핍으로부터 자유로워졌나. 새로운 것과 오랜 결핍은 무관한가.

나는 내 삶의 결핍으로부터 자유로워지고 있다. 조금씩 그 결핍을 자연스럽게 받아들이게 되었다. 그러나 삶에 새로 받아두고 싶은 것은 결핍과 무관하지 않다. 한때 나는 결핍이 만든 삶의 모양을 독특하다고 여겼고, 그 모양을 계속 들여다본 덕분에 무언가를 원하는 마음도 구체적일 수 있었다.

그러나 그 마음이 결핍에 꼭 맞을 필요는 없다. 더는 결핍을 채울 용도나 결핍을 가릴 용도로 뭔가를 원하지 않게 됐다. 비교하면 안 이상한 게 없었다. 특히나 내 쪽에서는 내게 주어진 모든 입장과 상황이 이상해보였다.

언젠가 특이하다고 말하면 "아니 그건 특별한 거야" 하고 말을 교정해주는 친구가 있었다. 고유함은 어디서 오는가. 고유한 결핍은 무엇인가.

『비로 만든 사람』은 말한다. "없는 것을 버리는 일에는 한계가 없다"고. 그래서 "거기에는 지속이 있을 뿐"이라고. "버리고 버리고 버리는 과정을 통해서만 그 결핍은 그저 결핍된 상태만은 아님을 증명한다"는 이 책의 말처럼 "없는 것을 버리는 일"을 열심히 해본 뒤로는 결핍에 대한 생각이 달라졌다.

부족하다는 생각을 버리고 버리고 버린다. 오늘 나는 마음이 아프고 허해서 몇 년간 급진적으로 찌운 살을 버리고 버리고 버린다. 땀을 뻘뻘 흘리며 운동을 하다가 전신거울을 설핏 쳐다봤다. 이 살은 단숨에 빠지지 않을 것이다. 그래도 소망한다. 그래도 믿는다. 이 살을 다 버리고 나면 나는 결핍을 결핍으로 지울 수 있다.

내가 나를 사랑하는 감정은 아직 멀다. 이렇게 먼 나에게 사랑하는 사람이 물어본다.

"그래서 포기할 거야?"

나는 내 몸을 포기한다는 이야기가 꼭 내 마음을 포기한다는 이야기처럼 들려서 "아니"라고 대답한다. 대단히 대단한 몸을 만들기 위해서가 아니다. 오랜만에 찾아온 아름다운 결심과 함께 움직이고 싶을 뿐이다.

오래 주저앉거나 드러누워 있던 삶에 새로운 사랑이 찾아왔다. 그 오랜 결핍을 채우거나 가려줄 거라는 기대는 하지 않았다. 애초에 그 초연함이 그 사랑을 자유롭게 만들 수 있었다. 만난 지 얼마 지나지 않은 연인과 다양한 대화를 나눈다. 다양한 대화의 진폭을 느낀다. 요즘엔 많이 웃는다. 그저 결핍된 상태만은 아니라고 말해주는 듯한 이 사랑이 너무 소중한 나날이다.

"사랑을 하는 데 있어서 받는 것보다 주는 게 더 중요하다는 걸 깨닫는 순간 우리는 인생에서 크게 한 걸음을 내딛게 되지."

장자크 상페 지음,

『마주 보기』,

배영란 옮김, 열린책들,

2018

## 마주 보는 사랑

"이 사람이 표현은 안 해도 속이 참 깊어요."

그렇게 말할 수 있으려면 얼마나 남의 속을 내 속으로 깊게 품어야 하는 것일까.

사랑에 있어서 가장 부침을 느끼는 대목은 신뢰다. 신뢰가 깨지면 사랑은 무용지물이다. 오히려 흉기에 가까운 감정이 된다. 더러 그 흉기를 만드는 일에 소질이 있는 사람을 만날 때도 있었다.

대수롭지 않게 거짓말을 하거나 단지 묻지 않았기에 밝히지 않았다는 사람들. 그런 사람들과는 늘 끝이 안 좋았다. 이미 상대가 그런 기질을 가지고 있었다는 것 자체가 안 좋은 사랑을 할 수밖에 없다는 전조였지만 말이다.

신뢰를 깨뜨리면서까지 그 자신이 보호하고 싶었던 것은 언제나 자신의 욕심과 편의였다. 그 사람이 거짓말을 하고 다른 사람을 만나러 갔던 것도. 그 사람이 거짓말을 하고 그날 다른 곳으로 향한 것도. 다 자신의 욕심과 편의 때문이었다.

그러나 이런 일들은 지나고 보니 그리 깊지 않은 상처를 남겼다. 왜냐하면 그때 우리는 마주 보는 사랑을 하지 않았으니까.

정말로 마음 아픈 일들은 오히려 이런 거였을지도 모른다. 진심으로 좋아하는 사람이 혼자 말 못 할 문제를 껴안고 아무렇지 않은 척하거나 견디다 견디다 혼자 이별을 결정하는 일.

소원이 있다면 어느 것보다 사랑하는 사람과 마음 주는 일에 인색하지 않은 것이다. 그게 꼭 물질적인 주고받기로 드러나지 않아도 된다. 홀로 껴안고 있던 깊은 고민을 어렵지만 꺼내놓는 일로 마음이 교류하면 좋겠다.

함께 그리는 미래에 두터운 믿음이 깔릴 때. 마주 보는 사랑 속에서 부족하지만 잘해나가고 싶다는 의미 있는 고백이 오갈 때. 그럴 때 혼자서는 진일보할 수 없던 세계에 당도하게 되니까.

"계절은 왔다가 또 지나가고
사람들 차례로 무덤에 묻히지만
내 가슴이 품고 있는 사랑은
영원히 사라지지 않으리라."

하인리히 하이네 지음,

『노래의 책』,

이재영 옮김, 열린책들,

2016

## 고갈되지 않는 사랑

행복한 왕자. 친한 친구들 사이에서 불리는 내 별명이다. 사랑만 하면 오스카 와일드가 쓴 그 동화 속 행복한 왕자처럼 자신은 돌보지 않고 뭐든 주려고 하기 때문이다. 그러나 내가 한때 사랑한 이들은 물을 것이다. 뭐 네가 얼마나 그렇게 대단한 것을 줬냐고. 그럼 난 또 대답할 것이다. 어떻게든 대단한 것을 찾아 줄 걸 그랬지. 주변 친구들은 읊조릴 것이다. 대단해. 정말 대단해.

내 인생은 행왕 시즌과 그렇지 않은 시즌으로 나뉜다. 대개는 좋아하는 사람을 만났을 때 행왕 시즌이 시작된다. 그러나 그렇지 않은 시즌에 누군가 내 눈에 보석을 박고 떠나지 않으면 내 사랑은 쉽게 고갈되고 만다.

그렇다. 나도 받은 사랑이 있어야 또 줄 사랑이 생기는 너무나 인간적인 사람이었다. 뜨뜻미지근한 연애라고 생각했지만, 대체로 그러한 온도 속에서 머물다 간 사람들이 나에게 준 사랑이 더 많다는 것을 배웠다. 배웠지만 난 또 반대의 길을 걷는다. 깨질 사랑에, 밑 빠진 사랑에 사랑을 퍼붓는 재능이 탁월하다.

최신 이별을 하고 한동안 연애 유튜버들의 영상을 찾아보았다. 헤어진 사람 깨끗하게 잊는 방법을 검색했으나 내 손끝이 따라간 건 "그 사람 이별 후 후폭풍 올까요?" 같은 제목의 영상이었다. 후폭풍은 어떤 폭풍인가. 뒤늦은 폭풍 아닌가. 폭풍 전야라고 폭풍이 오기 전에는 그토록 고요하다던데 그래서 이렇게 고요한 건가. 이토록 길게?

말도 안 되는 추측 속에서 떠나간 사람을 생각하다가 보내지 말아야 할 메시지를 보내고, 걸지 말아야 할 전화를 건 적도 있었다. 요즘 헤어진 사람들이 듣는다는 재회 주파수 같은 영상이나 재회 타로 영상도 지치도록 보고 재회에 성공한 사람들 인증 댓글에 "기 받아 가요" 같은 댓글을 단 적도 있다.

왜 이렇게까지 해야 하는지 묻는다면 나는 결국 끝을 봐야 새로 시작할 수 있는 사람이니까. 그런데 행복한 왕자는 정말로 행복했던 것일까. 이런 이별의 수순을 보고 있자면 그리 행복하지 않았던 모양이다.

근데 왜 행복하지 않았던 깨진 사랑을 이어가려고 발악하는 사람처럼 굴었을까. 답은 하나였다. 고갈되지 않는 사랑을 받아줄 만한 그릇의 사람을 만나지 못했기 때문이다. 다 그만한 그릇의 사람이 아니었는데. 왜 그렇게 끝에 깔끔하게 잊지 못했을까.

뒤늦었지만 그냥 깔끔하게 인정하기로 했다. 나는 순애보를 쓰기에 아직 멀었다는 것을. 죽어도 사랑할 것 같은 사람은 아직 못 만났다는 것을.

진정한 행왕 시즌은 언제 찾아올까. 한때 만났던 사람이 혹여나 잘못될까 불안해서 잠 못 이룬 적도 있었지만, 그와 헤어지고 얼마간 시간이 흐른 뒤 잘만 사는 그와 잠만 잘 자는 나를 보면서 생각했다. 사람이 사람을 그리워하기란 이토록 힘든 일이구나. 그런 그리움을 남길 수 있는 사랑 딱 한 번만 해봐도 행복한 왕자는 진정 행복할 것이다.

"이 사랑의 시작이 어디서부터인지 모른다. 어쩌면 오늘이 시작인지도 모른다. 첫눈에 반하지는 않았지만 내일 너에게 새삼스레 반하게 될지 모른다."

서늘한여름밤 지음,

『우리의 사랑은 언제 불행해질까』,

arte(아르테),

2019

## 셀프 현상

　여행지에서 쓰던 필름 카메라의 컷이 남아 있었다. 그 남은 컷에 그 무렵 좋아하는 이를 담아보겠다며 그를 만나는 날마다 부족한 실력이지만 혼신의 힘을 다해 셔터를 눌렀다.

　기대를 안고 현상하러 간 날. 현상소 직원분이 필름을 들고 오며 말했다. 필름의 반 이상이 날아갔다고. 그나마 남아 있는 컷들의 희미한 윤곽을 살려보려고 애를 썼다. 그냥 두기엔 뭐해서 필요 이상으로 채도를 높여 앤디 워홀 못지 않은 컬렉션을 완성했다.

　피자두와 다름없는 빛깔의 저세상 A컷을 뽑아냈다. 그 길로 곧장 그에게 전화를 걸어 이 허무한 결과를 공유했다.

어이없는 상황에 서로 웃음이 터져 멈추질 않았다.

"아니, 이게 맞아? 뭘 그렇게 열심히 찍었던 거야."

"아, 아니 나 진짜 잘 찍는데. 이게 무슨 일이야. 아 진짜 웃겨."

적어도 그 셔터를 누를 때만큼은 진심이고 최선을 다했는데. 멋진 컷 하나 남지 않았다. 그래도 그때 나눴던 그 웃음만큼은 선명해서 떠올리면 여전히 웃음이 난다.

그때 셔터를 누를 때 지었던 그의 표정과 포즈도. 한 컷 한 컷 지나온 우리의 짧은 시절도. 모두 홀연히 증발해 버렸다.

그 뒤로 새로 산 일회용 필름 카메라에서도 비슷한 현상이 벌어졌다. 각자 찍어준 컷은 남았는데 함께 찍은 컷은 온통 날아간 것이다. 우연이라기엔 너무나 필연처럼 느껴지는 결과였다.

이별 무렵 처음으로 제대로 현상된 독사진을 인화해서 그에게 주었다. 그냥 통째로 주고 헤어지는 게 아쉬워 장난치며 한 컷 한 컷 건넬 때마다 굳어 있던 그의 표정이 풀렸다.

"근데 있잖아. 우리 같이 찍은 컷은 다 날아갔더라."

"그래? 근데 우리가 같이 찍었었어?"

무심한 그 말에 내 표정이 되려 굳어가던 날이었지만 지나고 보니 그럴 수 있겠다 싶다. 그 순간 함께했지만, 누군가에게는 어렴풋하고 누군가에게는 생경한 장면이 얼마나 많을까.

그 시절을 지나 유일하게 선명하게 자리 잡은 건 누군가를 진심으로 좋아했던 나의 모습. 그게 조금은 씁쓸하긴 하지만, 자주 찾아오지 않아 더 없이 귀한 그 감정이 새롭게 셔터 누를 에너지를 줄 수 있길 기다려 본다.

함께한 모든 컷이 기억 속에서 오래도록 선명하게 살아남을 만한 그런 인연이 있다고 믿는다.

"감정을 만지는 것이 힘든 사람은 사랑에
접근하지 못한다. 사랑을 믿을 수 있는 것이
라고 생각하지 않기 때문이다."

이승우 지음,

『사랑의 생애』,

위즈덤하우스,

2017

# 맛있는 청혼

2001년 MBC에서 방영했던 드라마 OST를 매년 찾아 듣는다. 그 노래의 제목은 〈사랑을 믿어요〉다. 조금 투박한 멜로디와 씩씩하고 투명한 가사로 이루어진 노래. 언젠가 평생을 함께하고 싶은 연인을 만나 청혼하게 된다면 부르고 싶은 노래 중 하나다.

해를 거듭할수록 좋은 드라마를 보고 좋은 OST를 듣게 되는데 내 인생 제대로 된 한 편의 드라마처럼 완성하기가 어렵다. 특히나 사랑에 관해서는 교체되지 않는 상대 주인공을 진중하게 오래 만나고 싶은 심정이지만 그게 참 녹록지 않다.

드라마 〈맛있는 청혼〉이 방영될 당시 나는 초등학교 6학

년이었다. 새 학기가 시작된 3월. 좋아하던 같은 반 아이가 학급에서 유일하게 나와 같은 드라마를 보고 있어 쉬는 시간이면 단둘이 드라마 이야기를 나누곤 했다.

중화요리의 꿈을 지닌 주인공과 등장인물들이 사랑하고 대결하고 화해하는 이야기. 지금 와서 다시 보면 어딘가 오글거리는 대사로 가득하지만, 분주한 웍질만큼 사랑에 진심인 인물들의 감정선이 여전히 그리운 것은 그때 좋아하던 같은 반 아이의 지분이 크다.

비슷한 눈높이에 나와 달리 크고 동글동글한 눈. 웃을 때 그 눈을 살포시 감싸던 긴 속눈썹과 양 볼에 놓인 보조개. 그보다 귀여운 건 좋아하는 무언가를 이야기할 때 진지해지던 모습이었다. 영락없는 개구쟁이 느낌인데 결정적인 순간마다 수줍어지는 게 반할 수밖에 없는 포인트였다.

어쩌면 지금까지 좋아했던 이들은 모두 그런 공통분모를 지니고 있었던 것 같다. 결정적인 순간마다 수줍어지던 모습이 얼마나 사랑스러운지. 하지만 막상 그 수줍음을 계속 지속할 만큼 결정적으로 이어진 인연은 없어서 지금까지도 내가 이렇게 제대로 된 청혼할 기회를 잡지 못하고 있나.

하지만 한탄하기에 앞서 생각해야 할 부분이 있다. 나는 어땠나. 결정적인 순간에 수줍어지던 사람이었나. 대체로 나는 심드렁하거나 겁먹은 모습이었던 것 같은데. 누군가에게는 결정적인 순간이 나에게는 그다지 결정적이지 않아서 그랬나 싶지만, 수줍지 못했던 까닭은 아마도 믿음이 없어서였을 것이다.

그 믿음은 상대가 주기도 하지만 나를 살리는 자생 자원이어야 한다. 믿음은 결국 내 안에서 자라난 사랑에 닿는 따스한 시선이다. 누군가를 마음에 들이는 모든 과정에서 오는 모든 감정을 믿음으로 어루만질 각오가 되어 있나. 사랑을 시작할 때면 스스로 질문을 던진다. 모든 화합과 충돌을 여과 없이 받아들이되 결국 맑은 모습으로 그 사랑 앞에 서야 드라마 한 편 찍을까 말까 싶은 생이기에.

초등학교를 졸업하고 그 아이를 마주쳤던 날이 있었다. 각자 어색한 짧은 머리로 동네 횡단보도 앞에서 나란히 서 있다가 신호가 들어오자마자 부리나케 그 길에 있던 슈퍼마켓으로 걸어가 아이스크림 냉장고에 코를 박고 그 아이가 지나갈 때까지 고개를 숙인 채 가만히 서 있던 순간이 선명하다.

짧은 인사 하나 하지 못할 만큼 부끄러움이 많아 얼굴에 자꾸 열이 오르던 그때와 조금은 달라졌대도. 좋아해서 자꾸 신경이 쓰이는 그런 사랑이 있다면 이제는 좀 제대로 믿어야지. 사랑 같은 사랑을 해야지. 맛있는 청혼을 해야지.

"누군가를 사랑하는 이가 해야 할 일은 사랑을 확인하는 일이 아니었다. 그저 수천만의 행운이 겹쳐 만들어낸 오늘을 최대한 즐기고 많은 이야기를 나누는 것뿐."

이유리 지음,

『좋은 곳에서 만나요』,

안온북스,

2023

## 순간과 순간순간

　연인 사이에 한 번쯤, 어쩌면 여러 방 쏘고 쏘였을 말들. 나를 사랑하는지. 얼마나 사랑하는지. 정말로 사랑하는지.

　그 말을 쏜 사람은 윙윙거리고, 그 말에 쏘인 사람은 독이 올라서 건강한 피부처럼 말랑거리던 진심이 곧장 굳어진다. 독이 오른 자리가 부풀다 무덤처럼 남을 때. 그럴 때가 많았다. 연애할 때는 특히 그랬다.

　나는 주로 쏘는 쪽이었다. 쏘이는 쪽이 지치지 않을 이유가 없었다. 그렇게 지친 사람을 계속 보는 일도 쉬운 일은 아니었는데. 지치지 않게 할 방법을 알면서도 그랬다. 왜 그랬던 걸까. 왜 그랬어야만 했을까.

　사람이 너무나 미숙하고 이기적이어서 그렇게 지쳐가는

와중에도 나의 마음을 헤아려줄 사람을 갈망한다. 그런 사람은 없는데 말이다.

아주 잠깐에도 뒤바뀌고 뒤흔들리는 사람의 마음을. 그것도 내가 아닌 사람의 마음을 갈망한다는 게 얼마나 고행인지. 그 고행을 자처한 사람이면 안다. 그걸 알았을 때 고치는 사람이 있고, 고치지 못하는 사람이 있다.

고칠 수 있는 비법은 하나다. 함께 있는 순간에 집중하는 거. 그것 말고는 답이 없다. 불안한 사람이 갈구하는 안정은 결코 안정적이지 못하다. 그 안정은 허상이다. 현실에서 맺어질 수 없는 사랑이다.

함께 있는 순간에 집중해보면 답이 나온다. 정말 감사한 일인지. 감사하지만 어딘가 어색하고 부담스러운지. 노력할수록 그저 고역인지.

이별을 고민하기 시작한 무렵에는 때늦은 집중력을 발휘하곤 했었다. 그 사람과 나와의 인연이라는 끈이 아직 더 남아 있는지 알기 위해 함께 있는 순간에 집중하는 경우가 많았다. 이별을 고민하기 전에 그랬다면 좋았을 텐데.

다 싫지만은 않았기에. 좋았던 순간순간이 떠올라 아쉬움이 밀려왔지만, 결국 어떤 순간 하나 때문에 헤어졌다. 좋고 멋있는 이별은 없지만 적어도 경우 없는 이별은 하지 말자는 이상한 신조만 생겼다.

그 순간에는 곧 죽어도 이상하지 않을 만큼 좋은 감정을 나눴는데. 회피. 잠수. 돌변. 그로 인한 예고 없던 이별 때문이라고 생각했다. 확인하지 못하고 못 배기는 기이한 사랑을 하는 원인이 다 거기에 있다고 생각했다.

하지만 그게 정말 다였을까. 그 사람은 그 사람이다. 이 순간은 이 순간이고 이 사람과만 누릴 수 있는 행운이 있을 것이다.

네잎클로버를 못 찾고 풀밭을 누비다가도 서로에게 토끼풀꽃 반지를 만들어 줄 인연. 언젠가 만나 끝까지 사랑할 사람과 내가 그런 인연일 거라는 확신이 있다. 그 확신을 지금의 행운이라 여기고 혼자 있는 이 순간을 좋은 마음으로 차곡차곡 채운다.

"그날의 찌질함이 오늘을 만들어준 축복이
었어요."

김경현 지음,

『I'M NOT A FANCY. NO, I'M NOT.』,

다시서점,

2021

# 그럴 수밖에 없어도

비워야 산다. 비워야 비로소 온전히 채워진다. 그 조언의 가치를 아는데 자꾸만 떠난 사람을 끌어안을 때가 있다. 미련과 집착으로 너덜거리며 이별을 수용하지 못할 때 사람은 한없이 무서워진다.

그 무서운 기로에 설 때면 푼수처럼 내 이야기를 흘리고 다녔다. 내가 다시는 그 사람을 붙잡는 일이 없도록 해달라는 일종의 구호. 동시에 그 구호는 가까운 사람들과의 우정에 금을 가게 하고도 남을 지긋지긋한 푸념이었다.

그 지긋지긋한 푸념을 하는 동안 진작 깨진 사랑이 붙을 리 만무했지만, 이미 내 입으로 몇 번이고 깨부순 그 추억에 잠겨 있는 일도 머쓱한 일이라서. 나는 뒤늦은 머쓱함으로 모든 이별을 털어냈다고 생각했다.

그 머쓱함이 만든 자리에 새로운 사랑을 들이고 비슷한 실수를 반복할 때면 정말이지 스스로 환멸이었다. 이별 전이면 모를까 이별 후에 이 사람 아니면 안 된다는 마음은 가지면 안 된다. 그건 가학이고 자학이다.

어떤 이별은 너무 큰 요동이어서 주체가 안 된다. 그럴 땐 더 무서워지기 전에 멈출 방법을 찾아야 한다. 그럴 때 가까스로 찾은 방법이 오롯이 상대는 모를 이별 궁상을 떠는 것이다. 부치지 않을 편지를 쓴다든가. 싫었던 점을 나열한다든가. 코인노래방에서 이별 노래를 부르며 운다든가. 집에서 이불을 덮고 운다든가.

그걸로도 해갈되지 않아 기어코 상대를 불러냈을 때도 있었다. 왜 우리는 좋은 연인으로 곁에 남을 자신도 없었으면서 좋은 사람으로 남아야지 하는 이상한 오기가 있어서 이렇게 또 만나 회포 아닌 회포를 이별 후에 푸는 것인지. 헤어지고도 몇 번은 더 만났던 그 사람은 알았을까. 우리의 이 이상한 고집이 무엇인지.

다 의미 없고 다 부질없다고 말했지만 지나고 보니 그래야만 했다. 그 이상 서로 무서워지지 않아서 다행이다. 남들 기준에는 한없이 이상한 두 사람이었겠지만, 그건 남들 기준이니까. 둘만 아는 그 문제를 더는 심화시키지 않아서 둘에게 불행 중 다행이라 생각하면서. 마침내 그 이별을 수용했다.

혹시나. 역시나. 혹시나가 역시나 같은 그런 말조차 지워야 하는 이별의 과정은 언제나 버겁다. 완전한 이별은 남이 되는 과정이 아니라 세상에 없는 사람이 되는 과정이 아닐까.

이 세상에 없기 때문에 그리워질 수 있고, 그리워져도 더는 찾아갈 수 없는 존재처럼. 마음속에서 목숨을 다한 존재의 부재를 느끼고 진심과의 사별을 받아들이고 나면 한때 소중했던 사람이 비로소 풍경처럼 남았다. 더는 삶의 경관을 망치지 않는 절경으로 거듭났다.

"그러나 간절히 다가가려 했던 시도는 남는다. 어쩌면 그것이 쓰기의 전부다. 사랑의 전부다. 당신의 뒷모습에 다가가, 당신에게 닿고자 했던 그 손. 그 손이 전부다."

장혜령 지음,

『사랑의 잔상들』,

문학동네,

2018

## 뿌리와 가지

   꽃놀이. 단풍놀이. 해마다 사람들이 우르르 모여드는 거리에서 근사한 사진을 찍는 걸 남의 일처럼 받아들였다. 그때마다 찍힌 사진 속 나는 늘 엉성했고 엉망이었다.

   그해 봄 벚꽃을 맞으며 걸을 때도 그랬다. 매번 찍어주기만 하는 내 모습이 마음에 걸렸는지. 그저 좋은 내 모습을 나에게 보여주고 싶었는지. 거기 서 보라며 사진을 찍어주던 한 사람.

   시선 두기 어려워하는 나에게 벚나무 가지 끝을 가리키며 거기 올려다보라고 손짓했을 때 그게 편했다. 그렇게 찍힌 옆모습은 나조차도 처음 보는 귀한 장면이었다.

   사랑하는 사람과 걸을 때 뿌리가 포개진 두 나무처럼 손깍지를 끼고 나아가는 일. 우리는 분명 뿌리내릴 곳이 없었는데 돌아보면 언제나 그 자리에 있는 나무처럼 어느 순간부터 서로를 올려다보는 일. 우두커니 언제든 그 일을 반복할 수 있다는 마음이 생긴다면 사랑의 전부를 시작할 준비가 끝난 것이라고. 그날 일기에 적었다.

그해 일기에 가장 많이 놓인 이름. 그 이름을 남기던 손끝. 언제든 볼 수 있다고 믿었지만 돌아선 뒷모습이 일기장에 놓일 때까지. 그래도 간절했으니 됐다. 결국 전부 남은 것이라고 생각한다. 단 아쉬움이 하나 남는다. 그때 벚나무 가지 끝을 가리키던 그 손끝 옆에 그 사람 눈을 손에 잡고 싶은 벚꽃잎 하나처럼 지켜봤다면 어땠을까.

그때는 아마 무엇을 해도 좋았을 거다. 다가서려고 했던 마음이 있었으니까. 내 딴엔 그런 마음이 너무 간절해서 그가 바라는 배려를 하지 못했지만, 성큼성큼 주춤주춤 그 모든 보폭 속에서 많은 것을 배웠다. 이제까지 썼던 어떠한 글보다 값지게 쓴 시간이었다. 그 시간이 지나서 이렇게 한 편의 글을 쓰는 데에도 너무나 긴 시간을 썼다고 지나간 사랑이 생색낸다. 조금 해주고 생색내는 사람은 싫지만, 많은 것을 해주고 지나간 사랑의 생색은 환영이다. 사람의 말도 아니고 사랑의 손끝으로 말없이 좋은 기별을 주니까.

"알맞은 간격을 유지하고 있다면, 내가 아끼는 그 사람을 상대로 공격이나 방어 자세를 취해야 할 일 자체가 드물고, 설령 생긴다 해도 잘 피하거나 정확하게 필요한 타격을 할 수 있다."

도제희 지음,

『누구나 킥이 필요한 순간이 있다』,

위즈덤하우스,

2024

# 알맞은 간격

안다. 진작 알아차렸다. 누군가의 마음이 오는 느낌만큼 누군가의 마음이 가는 느낌도 기가 막히게 직감하는 편이다. 그 느낌을 받았을 때 극복할 수 없는 거라면 잘 끊는 것도 인생 슬기롭게 살아가는 거겠지. 하지만 이번에도 그렇게 하지 못했다.

그때 끊어냈어야 했다. 헤어지고 만나서 풀 회포 같은 건 없다. 있어도 없다. 그날 그렇게 풀지 않아도 될 회포를 풀었을 때 그와 새롭게 연을 잇고 있는 누군가가 내 SNS를 보고 간 흔적을 남겼다. 내 마음 어정쩡하게 친구로 지내자는 그 제안을 받아들일 게 아니었는데. 사실 누가 누굴 만나고 사랑해도 할 말 없는 상태였다. 우린 헤어졌으니까. 남보다 못한 사이에서 또 누구 하나 제대로 서로를 끊지 못해 친구 같지도 않은 친구 사이로 남자 했었으니까.

나는 종국에 끝을 위한 고름 짜기에 돌입했다. 무뎌질 때까지 네 자연스러운 감정을 들여다보는 쪽을 택했다. 얼마 뒤 그 사람과 함께 있으면 설레는 너의 감정을 가감 없이 포스팅한 것을 보고 그제야 끊어진 끈을 내려놓고 돌아설 수 있었다.

왜 진작 끊지 못했는지. 스스로 탓도 해봤다. 헷갈리게 할 의도는 없었겠지만, 헷갈리게 한 여러 날 너의 행동도 탓을 해봤다. 소용없었다. 그냥 내가 또 한 번 미련하게 그 마음 돌아올 마음이라 여겼고, 그것은 오기라는 사실을 뒤늦게 덤덤히 받아들이니 세상 모든 게 잠잠해졌다.

나한테는 가능하지 않던 모든 일들. 그 일들을 가능하게 만든 너의 그 사람. 그 사람이 부럽진 않았다. 그냥 네가 부러웠다. 정리하고 말 것도 없던 나에 대한 너의 감정이 야속하면서도 부러웠다. 새롭게 시작할 수 있는 너의 감정이 참 부러웠다.

나는 너와 만나고 헤어진 일로 알게 됐다. 진정한 인연이란 좋은 타이밍에 만나 서로 알맞은 간격을 유지해야 지속될 수 있다는 것을.

기대했든 하지 않았든 좋은 타이밍에 알맞은 간격으로 사랑을 찾은 너를 축복한다. 이건 진심이다. 비꼬는 것 하나 없이 정말로 네가 그 사람과 잘 지냈으면 좋겠다.

나와 데이트할 때면 모든 게 처음이라 얘기했던 네가 언젠가부터 짐짓 슬퍼 보였으니까. 이전에 사람들은 대체 뭐 하며 만난 거냐고, 이렇게 보편적인 것도 다 처음이라니 신기하다 너에게 말했지만 진작 알아차렸다. 너는 보통 너의 생활 반경 안에서 사람을 만났을 것이다. 그것이 너에겐 보편적인 만남이었겠지. 또 나와의 데이트는 내 보통 생활 반경에서 이루어졌을 테니까.

함께 보기로 했지만 결국 따로 보게 된 영화 <꽃다발 같은 사랑을 했다>에 나오는 "시작이라는 건 끝의 시작"이라는 말을 되새기며, 지나간 우리는 서로에게 주지도 못했던 꽃다발 같은 사랑을 했구나 싶다.

"신이 있다면 그가 우리를 사랑하겠지만, 신이 없다면 우리가 서로를 사랑해야만 한다는 것. 이것이 인간의 연약함이자 위대함이라는 것."

신형철 지음,

『슬픔을 공부하는 슬픔』,

한겨레출판,

2018

# 부재중 편지

요즘 매일 아침 눈 뜨면서 그런 생각해. 오늘이 마지막일지도 모른다. 이 마지막일지도 모르는 하루에 가능하다면 적당히 무심하고 적당히 다정해야지. 사랑하는 사람들. 특히나 더 사랑하는 이에게는 그러고 싶다. 이렇게 말하면 누군가는 물을지도 모른다. 왜 적당히야? 마지막일지도 모르니 더욱 최선을 다해야지.

나 같은 사람들은 아니지만, 나 같은 경우만 해도 누가 한꺼번에 퍼붓듯이 마음을 주다가 불쑥 떠나면 슬프니까. 꼭 그렇지 않아도. 드문드문해도 꾸준히 마음을 주고받다가 한쪽이 먼저 떠나면 슬픈 건 슬프겠지. 슬플 거야.

평소에 어떤지 평소에는 몰라. 열심히 산다는 건 그저

순간을 사는 거라고. 그동안 들려주었던 좋은 이야기가 참 많은데. 그중에 나를 가장 안정적으로 울렸던 말이 있었어.

"난 어디 안 사라져. 곁에 있을 거야."

그 말을 다이어리에 적고 우리 헤어진 이후에도 그 말을 혼자 소리 내서 읽으면서 힘을 냈어. 사실 사람은 사라지지. 누구나 이 세상에 영원히 살아 있을 수 없으니까. 사는 동안 에도 이렇게 헤어질 수 있고 다시 만날 수도 있고 어떤 이유로든 계속 마음속에선 살아 있는 존재일 거야.

정태춘 박은옥이 부른 〈사랑하는 이에게〉라는 노래가 있어. 어릴 때 엄마 아빠가 노래방에서 그 노래를 둘이 같이 부르면 좋았어. 언젠가 정말로 좋아하는 사람이 생겨서 함 께하자는 약속을 하고 나도 그 한 사람이랑 같이 그 노래를 불러야지 했을 만큼. 지금 들어도 좋아서 언젠가 부를 날이 오기를 생각해. 오늘이 마지막으로 살아가는 날일지도 모르 는데 소망도 참 많지.

곧 죽어도 소원이 없을 만큼 행복하다는 건 뭘까. 그 행 복한 순간을 살기 위해서 내가 죽을 때까지 찾아 헤매는 건 사랑인 것 같더라. 근데 또 막상 찾은 순간에는 불안해져. 사 라지면 어떡하지. 그럴 때면 신처럼 얘기해줘서 고마웠어. 곁에 있겠다고 해줘서. 그 뒤로도 몇 번 더 이야기를 나누는 와중에도 적당히 무심하고 적당히 다정하게 대해줘서. 정말로 고마워.

사람과 연을 맺고 끊는 과정에 늘 서툴러. 세상 이런 만남도 이별도 없었다 싶을 만큼 우리 꽤 많은 감정을 주고받았던 모양이야. 요즘 내 마음이 꼭 그래. 그 자체로 온전해. 중요한 건 평생 연인이 되겠다는 가약도 아니고, 앞으로 행복하게 해주겠다는 약속도 아니었어.

그냥 우리 만나 좋았어. 그동안 누구와도 그 정도로 재밌고 눈물 나는 진창 같은 삶의 대화를 나눠본 적이 없었으니까. 이렇게 얘기하면 또 모르지. 우리 서로 또 그보다 좋은 사람 만날 수도 있는 거라고. 그런 시답잖은 얘기를 주고받을 때도 생각했어. 좋은 사람이니까. 충분히 좋은 사람 만났으면 좋겠다고.

생각해보면 누군가 내 마음을 받아주지 못하는 상황이 오면 그냥 다 싫었던 것 같아. 좋은 사람도 쉽게 나쁘다 여겼던 너무나 미숙했던 나날. 그런 나날이 마침내 지나가서 좋아.

믿고 싶어졌어. 내내 사랑할 거야. 세상 모든 사랑에는 결국 다 사라져도 혼자 간직할 힘이 있는 것 같거든. 그런 마음으로 소중하게. 정말로 소중하게 내가 내 곁에 있으면서 그동안 받았던 마음을 헤아려보는 중이야.

스스로 사랑하는 게 멋진 이별. 누군가를 사랑할 때도 매일 이별해야 좋은 것 같아. 오늘이 마지막일지도 모르니. 오늘의 나. 순간의 나. 무수한 나와 이별하는 일에 익숙해질 때. 그래서 각별해질 때. 마음을 헤아리는 안정적인 사랑이 오기를.

# 아끼는 마음

아끼는 옷을 입고 나갔던 날의 일이다. 이제까지의 인생을 통틀어 가장 구질구질한 말을 하면서 한 사람과 멀어졌다. 나는 이렇게 꼭 끝을 봐야만 끝이 나는 사람인 건가. 스스로 한심하게 느껴지던 밤. 아끼는 옷에 얼룩이 졌다.

그 옷이 어떤 재질의 옷감인지도 모른 채 집에 돌아와 연신 비누칠을 했다. 며칠을 울먹거리다 간신히 울음이 멎은 아침 출근길. 옷을 들고 동네 세탁소에 갔다. 세탁소 사장님이 이미 깊게 배인 얼룩을 보고 갸우뚱하셨지만, 빠질지 안 빠질지 몰라도 일단 맡겨보라고 했다. 그 말이 어쩐지 위로가 됐다.

며칠 후 옷을 찾으러 동네 세탁소에 갔다. 반듯하게 다려진 옷에 얼룩 한 점 보이지 않았다. 그날 밤 수저를 놓칠 정도로 힘을 빠지게 만들던 한 사람의 말도 점점 희미해질 것이다. 결국 멀어져서 다행이라는 생각이 드는 게 슬프지만 기뻤다.

그 사이 한 사람이 다른 한 사람과 가까워질 동안 나는 혼자 있는 시간을 반기는 연습을 했다. 그래야만 했다. 그래야 살 수 있었다. 그래야 다음에는 진짜 사랑할 수 있다고 여겼으니까. 하루씩 조금씩 살 것 같았다.

빈자리를 깨끗하고 편안하게 만드는 일이 생각보다 적성에 맞았다. 이전보다 나은 내가 되는 일에 앞서서 항상 진심이 무너지는 경험을 했다. 바닥을 치니 조금은 알 것 같은 뭔가가 생겼다. 마음고생 끝에 쓰는 시는 언제나 꼭 필요한 순간에 바늘구멍 같은 시간을 뚫고 나아가게 해줬다. 괴로운 성취였다.

사람이 이룰 수 있는 것. 그중 제일은 사랑일까. 어리석게도 나는 내가 받고 싶은 방식으로 원치도 않는 상대에게 사랑을 주는 사람이었는데. 그 뒤로는 그 노력을 한동안 나에게 할애할 수 있게 되었다. 그게 다행이었다.

다른 것들을 여전히 알지 못한 채로. 전혀 알지 못한 채로. 다만 이렇게 솔직하게 쓰는 글이 어디로 흘러갈까. 어디까지 흘러갈까. 혹시라도 고여 있는 마음이 얼룩처럼 느껴지는 분들이 있다면 이 노래를 선물하고 싶다.

다소 친절하지 못한 시간을 보낸 스스로에게. 그대로 곁에 있었으면 했던 지난 사람들에게. 이런 순간이 올 줄 모르고 당시 흠뻑 빠져 있던 진심이 있었다고. 언제고 아끼는 마음이었다고 잔잔히 이야기 건넬 수 있는 삶이길. 무엇보다 여전히 곁에 있는 무수함에 환하게 번지는 마음이길.

Skinshape 〈I didn't know〉

# 하루와 나날

**초판 1쇄 인쇄** | 2024년 12월 2일
**초판 1쇄 발행** | 2024년 12월 12일

**지은이** 김민지
**발행인** 박효상
**편집장** 김현
**기획·편집** 장경희, 이한경
**디자인** 임정현

**편집·진행** 김효정
**표지·본문 디자인** 정정은
**마케팅** 이태호, 이전희
**관리** 김태옥

**종이** 월드페이퍼 | **인쇄·제본** 예림인쇄·바인딩 | **출판등록** 제10-1835호
**펴낸 곳** 사람in | **주소** 04034 서울특별시 마포구 양화로 11길 14-10(서교동) 3F
**전화** 02)338-3555(代) | **팩스** 02)338-3545 | **E-mail** saramin@netsgo.com
**Website** www.saramin.com

• 책값은 뒤표지에 있습니다. 파본은 바꾸어 드립니다.

ISBN 979-11-7101-118-6  13810

우아한 지적만보, 기민한 실사구시 **사람in**